Anne McAllister
Normas rotas

WITHDRAWN

Editado por HARLEQUIN IBÉRICA, S.A.
Núñez de Balboa, 56
28001 Madrid

I.S.B.N.: 978-84-687-2730-1
Depósito legal: M-7220-2013
Editor responsable: Luis Pugni
Fotomecánica: M.T. Color & Diseño, S.L. Las Rozas (Madrid)
Impresión en Black print CPI (Barcelona)
Fecha impresion para Argentina: 4.11.13
Distribuidor exclusivo para España: LOGISTA
Distribuidor para México: CODIPLYRSA
Distribuidores para Argentina: interior, BERTRAN, S.A.C. Vélez
Sársfield, 1950. Cap. Fed./ Buenos Aires y Gran Buenos Aires,
VACCARO SÁNCHEZ y Cía, S.A.

Capítulo 1

ALEXANDROS Antonides leyó el recibo arrugado en el que estaba garabateado un nombre, una dirección y un teléfono, y pensó en volver a guardarlo en el bolsillo. O mejor aún, en tirarlo. No necesitaba los servicios de ninguna casamentera.

Volvió a arrugar el trozo de papel y se quedó mirando por la ventanilla mientras se dirigía al norte por la Octava Avenida. Todavía no habían salido de Manhattan. Eran casi las cinco y media y lo mejor sería decirle al conductor que se olvidara.

Pero no lo hizo. En vez de eso, se acomodó en el asiento y, tal y como había hecho una docena de veces, volvió a alisar el papel con la palma de la mano y leyó: *Daisy Connolly*. Su primo Lukas le había escrito su nombre y su dirección durante la reunión familiar en la que habían coincidido en casa de los padres de Lukas.

–Te encontrará la esposa perfecta.

–¿Cómo lo sabes? –le había preguntado a Lukas.

–Fui a la universidad con ella. Tiene un sexto sentido para saber quiénes están hechos el uno para el otro. ¿Quién sabe cómo lo hace? Llámala o ve a verla. A no ser que no quieras casarte –había añadido Lukas mirando a sus hermanos.

–De acuerdo. Cuando esté desesperado, la llamaré.

–Yo diría que ya estás desesperado –había dicho Lukas–. Dos prometidas en poco más de un año... A mí eso me suena a desesperación.

Sus hermanos, Elias y PJ, habían asentido.

No buscaba una esposa perfecta, tan solo una adecuada. Tenía treinta y cinco años y había llegado el momento de casarse. En su familia, los hombres no se casaban jóvenes. Los Antonides disfrutaban de su soltería, pero llegaba un momento en que se volvían responsables, estables y maduros, y acababan lanzándose a la piscina. Y eso significaba sentar la cabeza.

Elias debía de haber sido responsable desde niño. Pero incluso PJ, que había sido un fanático de la playa durante años, estaba casado. De hecho, llevaba años casado en secreto. Y Lukas, el más joven de todos ellos y todo un espíritu libre, también iba a casarse.

Era una cuestión de tiempo y había llegado el momento de Alex.

Se había decidido el año pasado. Salir de conquista había empezado a aburrirle y prefería dedicar su tiempo a diseñar edificios que a llevarse mujeres a la cama. Había decidido que lo mejor sería encontrar una mujer que le gustase, explicarle las reglas, casarse con ella y seguir con su vida.

Tampoco tenía tantas reglas. Todo lo que quería era encontrar una mujer poco exigente con la que llevarse bien. No buscaba amor ni hijos. No quería complicarse la vida.

Su esposa y él compartirían cama cuando estuvieran en el mismo país e irían juntos a actos públicos. Vivía en un apartamento que había reformado encima de su estudio de Brooklyn. Era un apartamento de soltero y no podía esperar que su esposa quisiera vivir allí. Podrían buscar otra casa más cerca del trabajo de ella, la que quisiese. Estaba deseando ser complaciente.

Así que, ¿tan difícil sería encontrar a una mujer que estuviera de acuerdo con sus normas? Al parecer, más de lo que había pensado.

Sus últimas tres citas habían sido prometedoras. Todas eran mujeres profesionales de treinta y tantos años. Las había conocido en actos sociales. Todas tenían importantes carreras, vidas vertiginosas y estaban tan ocupadas como él.

Pero la abogada había convertido la cena en un interrogatorio sobre su decisión de no tener hijos. La dentista no había parado de repetir lo mucho que odiaba su profesión y cuánto deseaba dejarla para formar una familia. Y Melissa, la analista bursátil con la que había salido la noche anterior, le había dicho que su reloj biológico estaba corriendo y que quería tener un hijo en menos de un año. Al menos Alex se había dado prisa en decirle que no.

Aquella cita, al igual que muchas otras de las que había tenido desde que decidiera casarse, había sido un desastre. Lo que le hizo volver a fijarse en el recibo que llevaba en la mano.

Se quedó mirando el nombre que Lukas le había garabateado en el papel: Daisy. Le traía recuerdos y con ellos, un estremecimiento de placer. Pelo rubio, ojos azules, suaves jadeos, besos ardientes... Se agitó en el asiento del taxi. En una ocasión, durante un fin de semana, había conocido a una mujer llamada Daisy.

Así que quizá aquello fuera un buen presentimiento y esta casamentera le encontrara esposa. Aquella Daisy había querido casarse con él.

—Piensa que estás delegando —le había dicho Elias—. Como si estuvieras en el trabajo.

Aquello era cierto. Alex tenía un montón de empleados en su estudio de arquitectura que se ocupaban de las cosas para las que él no disponía de tiempo. Hacían lo que les decía que hicieran: buscaban proyectos, recogían datos sobre urbanismo, información de los materiales a emplear... Luego, le presentaban sus recomendaciones y él tomaba la última decisión.

Elias tenía razón. Una casamentera podía hacer lo mismo. Sería preferible a que lo hiciera él. Con sus servicios, solo tendría que conocer a las candidatas seleccionadas y elegir de entre ellas una esposa.

De repente la idea le resultó convincente. Debería haber acudido antes a Daisy Connolly. Pero Alex no solía ir al Upper West Side. Sin embargo, ese día había estado trabajando en el proyecto de un edificio en West Village y había terminado pronto, por lo que tenía tiempo libre antes de volver a Brooklyn. Así que había sacado el papel del bolsillo y había tomado un taxi.

Veinte minutos más tarde volvió a leerlo al bajarse en la esquina de la avenida Ámsterdam con la calle en la que Daisy Connolly tenía su oficina. Esperaba encontrarla allí, puesto que no había pedido cita. Le había parecido lo más adecuado por si en el último momento cambiaba de opinión.

Era una calle tranquila, con edificios de cuatro y cinco plantas, a unas cuantas manzanas al norte del Museo de Historia Natural. Los árboles mostraban una variedad de dorados y naranjas típicos de una tarde de octubre. Alex se tomó su tiempo para recorrer la manzana, disfrutando como arquitecto del entorno.

Tres años antes, tras decidir trasladar su base de operaciones desde Europa al otro lado del Atlántico, se había comprado un apartamento en un rascacielos, a dos kilómetros al sur de Central Park. Desde allí había tenido una perspectiva a vista de pájaro de la ciudad, pero no se había sentido integrado.

Dos años después, se le había presentado la oportunidad de demoler un edificio de oficinas en Brooklyn, cerca de donde sus primos Elias y PJ vivían con sus familias. Allí había encontrado un objetivo y un lugar que lo hacían sentirse feliz. Así que había buscado otro terreno en el que construir lo que el propietario quería y se había encargado de rehabilitar el edificio, viendo la oportunidad de hacer una contribución a la mejora de un vecindario en transición. Ahora tenía allí su estudio de arquitectura y en el cuarto piso, su apartamento. Había encontrado su sitio y no se sentía tan distante.

Tenía la misma sensación allí en la calle de Daisy Connolly. Había una lavandería en una esquina y un restaurante en la otra. Entre dos de las casas de piedra rojiza típicas de Manhattan que había pasado había un solar con una pequeña zona de juegos con un columpio y un tobogán. Una de las casas tenía una placa junto a la puerta ofreciendo semillas. Otra anunciaba la consulta de un quiropráctico.

¿Tendrían placas los casamenteros? Tuvo una extraña sensación. Cuando llegó a la dirección, no vio ningún letrero. Era una casa de más de cinco plantas con ventanales en las tres primeras y pequeñas ventanas en las dos últimas, en las que sin duda habían vivido los sirvientes en otra época. Tenía cortinas en los ventanales del primer piso, lo que le daba un aire acogedor y profesional a la vez.

Además de no haber ningún letrero, tampoco había ninguna referencia a la astrología y respiró aliviado.

Se ajustó la corbata, respiró hondo, subió los escalones y abrió la puerta. En el pequeño recibidor, leyó su nombre en el buzón: *Daisy Connolly*. Decidido, apretó el timbre.

Después de medio minuto, Alex cambió el peso de un pie a otro y apretó los labios ante la idea de haber malgastado el final de la tarde yendo hasta allí para nada. Justo cuando estaba a punto de marcharse, oyó la cerradura. La puerta se abrió y una mujer delgada apareció ante él.

Estaba sonriendo hasta que sus miradas se encontraron. Entonces, la sonrisa desapareció y palideció.

–¿Alex? –dijo mirándolo fijamente.

Los recuerdos de unos besos ardientes lo asaltaron al ver a aquella rubia de ojos azules.

–¿Daisy?

«¿Alex aquí? ¡No!».

Lo cierto era que aquel atractivo y musculoso hombre de metro ochenta estaba ante ella. ¿Por qué no había mirado por la ventana antes de abrir la puerta?

La respuesta era sencilla: Alexandros Antonides formaba parte de su pasado y nunca había pensado que pudiera aparecer en su puerta.

Estaba esperando a Philip Cannavarro. Había hecho una sesión fotográfica para la familia Cannavarro hacía un mes en la playa. La semana anterior habían elegido las fotos y Phil había llamado a la hora de comer para preguntarle si podía pasar al salir del trabajo a recogerlas.

Así que, al oír el timbre a las seis menos veinte, Daisy había abierto la puerta con una sonrisa en los labios y

una carpeta de fotos en la mano, que se había caído al
ver a Alexandros Antonides.

–Oh, vaya.

Con el corazón latiendo desbocado, Daisy se aga-
chó rápidamente y empezó a recoger las fotos.

«¿Qué está haciendo aquí?».

Hacía años que no veía a Alex y no pensaba que
volvería a verlo. Solo el hecho de que él parecía tan
sorprendido como ella, la tranquilizó. Pero al ver que
se agachaba para ayudarla a recoger las fotos, se quedó
sin respiración.

–Déjalo –dijo quitándoselas de las manos–. Puedo
hacerlo sola.

Pero Alex no cedió y continuó.

–No.

De nuevo aquella palabra que había pronunciado
con rotundidad cinco años antes, dando al traste con
sus esperanzas y sueños.

Lo peor era que esa voz ronca, con su ligero acento,
la había hecho estremecerse hasta la médula, tal y
como ocurriera la primera vez que lo oyera hablar.
Daisy había caído bajo su hechizo. Por entonces lo había llamado «amor a primera vista». Por entonces, creía
en lo absurdo de tales cuentos de hadas. Ahora ya conocía el peligro. No volvería a dejarse embaucar. Recogió las últimas fotos y se puso de pie.

–¿Qué estás haciendo aquí? –preguntó, apartándose mientras él también se levantaba.

Alex sacudió la cabeza. Parecía tan sorprendido
como ella.

–¿Eres Daisy? –preguntó mirando el trozo de papel–. Bueno, claro que lo eres, pero... ¿Connolly?

–Así es –contestó Daisy levantando la barbilla–.
¿Por qué?

Pero antes de que contestara, otro hombre apareció. Daisy sintió que las rodillas se le doblaban de alivio.

–¡Phil! Pasa –dijo sonriendo.

Alex se dio la vuelta.

–Lo siento, no quería interrumpir... –dijo Phil reparando en las fotos.

–No interrumpes nada –dijo Daisy–. Oí el timbre y pensé que eras tú. Sin querer, se me han caído las fotos. Lo siento mucho. Voy a tener que volver a revelarlas.

–No te preocupes. Solo se habrán arrugado en los bordes –dijo Phil y extendió la mano.

Pero Daisy negó con la cabeza y las protegió contra su pecho.

–No. Me gusta hacer bien mi trabajo. Lottie y tú os merecéis lo mejor.

Lottie y él eran una de las primeras parejas que había formado. Lottie era una maquilladora a la que había conocido trabajando como fotógrafa y Phil la ayudaba con sus impuestos.

–Me daré prisa –prometió–. Las tendrás en un par de días y te las mandaré a casa.

–No importa. Lottie querrá...

–Llévate estas entonces, pero de todas formas os mandaré unas nuevas. Lo siento, dile que...

Cerró la boca. Era la única manera de dejar de balbucear.

Phil tomó las fotos y las metió en su maletín.

–¿Estás segura de que estás bien? –preguntó mirando con preocupación a Daisy.

–Sí –mintió.

La sola presencia de Alex creaba una tensión en el ambiente que no podía ignorar.

–Se pondrá bien –dijo Alex–. Tan solo está algo

aturdida –añadió y la rodeó con su brazo por los hombros.

Daisy estuvo a punto de saltar de la impresión, a la vez que su cuerpo traidor se dejaba abrazar.

–Muy bien –dijo Phil sonriente–. Se lo diré a Lottie.

Y, sin más, salió por la puerta y bajó los escalones sin mirar atrás.

–Muchas gracias –dijo Daisy, apartándose de su brazo.

A pesar de haberse separado, seguía sintiendo su calor. Instintivamente se rodeó con sus brazos.

¿Qué estaba haciendo allí? Aquella pregunta no dejaba de repetirse en su cabeza.

–Daisy.

Pareció acariciar su nombre al pronunciarlo, lo que hizo que se le pusiera el vello de punta.

–Es el destino –concluyó Alex sonriendo.

–¿Qué?

–Precisamente estaba pensando en ti.

Su tono era cálido. Se comportaba como si fueran viejos amigos. Quizá para él habían sido solo eso.

–No sé por qué –dijo Daisy.

–Estoy buscando una esposa.

Se quedó mirándolo boquiabierta y él se limitó a sonreír.

–Buena suerte.

«No quieres una esposa. Eso me lo dejaste bien claro».

–No me estaba declarando –dijo Alex arqueando las cejas.

–Por supuesto que no.

No quería hablar del pasado. Se habían conocido cinco años antes en una boda, cuando era joven, estúpida y demasiado romántica.

Daisy había sido una de las damas de honor de Heather, su compañera de piso en la universidad, y Alex había sustituido al padrino, que había enfermado en el último momento. Desde que sus miradas se cruzaran, algo salvaje e increíble había surgido entre ellos. Para los románticos veintitrés años de Daisy, aquel había sido un instante especial. Solo habían tenido ojos el uno para el otro. Habían hablado, bailado, reído... La electricidad entre ellos podía haber iluminado la ciudad de Nueva York durante una semana.

Para ella había sido amor a primera vista y se había sentido encantada de experimentarlo por fin. Sus padres siempre habían contado que desde el primer momento habían sabido que estaban hechos el uno para el otro. Julie, la hermana de Daisy, había tenido aquella sensación desde que conociera a Brent en octavo curso. Se habían casado nada más acabar el instituto y doce años más tarde seguían profundamente enamorados.

Daisy nunca se había sentido así hasta el día en que Alex había entrado en su vida. Aquella tarde había sido tan increíble que no había dudado en que el amor a primera vista existía.

Claro que no lo había dicho. Había deseado que aquel día no terminara. La novia le había encargado que llevara de vuelta su coche a Manhattan después de la fiesta.

—Te acompaño —le había dicho Alex con aquella voz tan sexy—. Si te parece bien.

Por supuesto que le había parecido bien. Además, eso le había hecho pensar que él sentía lo mismo. Juntos habían regresado a Manhattan y durante todo el camino no habían dejado de hablar.

Era un arquitecto que trabajaba para una empresa

multinacional, pero que estaba deseando montar su propio estudio. Quería fundir lo antiguo y lo moderno, la estética y la funcionalidad, y diseñar edificios que hicieran que las personas se sintieran más vivas. Sus ojos se habían iluminado al hablar de sus metas y ella había compartido su entusiasmo.

Ella le había hablado de sus esperanzas y sueños profesionales. Trabajaba para Finn MacCauley, uno de los mejores fotógrafos de moda del país. Estaba aprendiendo mucho con él, pero al igual que Alex, estaba deseando encontrar su propio hueco.

—Me gusta fotografiar gente —le había dicho—. Familias, niños, personas trabajando y divirtiéndose. Me gustaría hacerte fotos alguna vez.

—Cuando quieras —le había contestado Alex.

Al llegar a la ciudad, habían dejado el coche de Heather en el garaje de su apartamento. Después, habían tomado el metro hasta el piso del Soho en el que vivía.

En el metro, Alex la había tomado de la mano, acariciando con su dedo gordo los de ella. Luego se había agachado y había besado sus labios. Aunque había sido un mero roce, le había hecho hervir la sangre y había contenido el aliento al ver deseo en sus ojos. Nunca antes había sentido aquella atracción tan fuerte e intensa. Le había faltado tiempo para llevárselo a su apartamento.

—Deja que te haga una foto —le había dicho.

—Si eso es lo que quieres... —le había contestado con aquella sonrisa burlona.

No era lo único que quería y él tampoco. La deseaba y no hacía falta que lo dijera. La temperatura en la habitación había subido y la de la sangre de Daisy estaba a punto de hervir.

Entonces Alex le había quitado la cámara y había captado la intensidad de su deseo. Se había quitado la chaqueta y Daisy le había desabrochado los botones de la camisa. Él le había bajado la cremallera del vestido, pero, antes de quitárselo, ella había recuperado la cámara, había puesto el temporizador y lo había abrazado.

La foto de los dos juntos, abrazados, había sido su favorita durante años. En aquel momento solo había pensado en ese instante.

A los pocos segundo se habían olvidado de la cámara y se habían desnudado. Alex la había llevado a la cama y había hundido la cabeza entre sus pechos, haciéndola gemir y estremecerse.

Y Daisy, dejando atrás su vergüenza, había recorrido cada centímetro de su cuerpo.

Ninguno de los dos había parado quieto y habían llegado a lo más alto del éxtasis.

Con Alex se había sentido a gusto y ni siquiera se había preguntado si hacía lo correcto. Habían hecho el amor de la manera más primitiva y todo había sido perfecto. Después, tumbada entre sus brazos, había creído en la afirmación de su madre de que existía el hombre perfecto. Había conocido a Alex y, como sus padres y su hermana con Brent, se había enamorado.

Estuvieron hablando hasta altas horas de la madrugada, compartiendo historias de sus infancias y de las cosas que les habían ocurrido.

Le había hablado de su primera cámara, un regalo que le había hecho su abuelo cuando tenía siete años, y de la muerte de su padre a comienzos de aquel invierno. Él le había contado la primera vez que había escalado una montaña y cómo había muerto su hermano mayor de leucemia cuando él tenía diez años. Habían hablado y reído, se habían acariciado y besado, y habían vuelto a hacer el amor.

Daisy estaba segura de haber conocido al hombre de sus sueños, aquel al que amaría y con el que se casaría, tendría hijos y envejecería.

Recordaba aquella mañana de domingo como si hubiera sido ayer.

Al amanecer se habían quedado dormidos abrazados. Cuando Daisy se despertó, eran casi las diez. Alex seguía dormido, tumbado de espaldas y con el pecho desnudo y la sábana hasta la cintura. Estaba muy guapo. Podía haberse quedado allí sentada observándolo de por vida. Recordaba perfectamente su aspecto al incorporarse sobre ella mientras habían hecho el amor.

Le habría gustado volver a hacerlo. Había deseado volver a meterse bajo las sábanas y acurrucarse junto a él, acariciar su pierna con el pie, recorrer con la mano su muslo y besar la línea de vello de su vientre. Pero al final había decidido hacerle el desayuno antes de que tomara su avión. Sabía que tenía que volar a París para pasar un mes en las oficinas centrales de la compañía para la que trabajaba. No le gustaba la idea de que se marchara, pero se había consolado pensando que cuando tuviera su propio estudio estaría en los Estados Unidos o lo seguiría a París.

No había podido evitar imaginarse cómo sería vivir en París con Alex mientras le preparaba unos huevos con beicon y tostadas para desayunar.

—Buenos días —había murmurado Alex rodeándola con sus fuertes brazos desde atrás.

—Buenos días —le había contestado, sonriendo mientras él la besaba en la oreja, la nuca, la mejilla.

Luego se dio la vuelta y tomó su boca con voracidad.

«Al infierno con el desayuno. Volvamos a la cama».

Pero le dio a probar un trozo de beicon y rio mientras él le chupaba los dedos. Así que al final le hizo comer los huevos y las tostadas antes de volver a meterse entre las sábanas.

–Tengo que darme una ducha. ¿Vienes conmigo? –le había preguntado él al levantarse de la cama a primera hora de la tarde.

Daisy había sido incapaz de rechazar la invitación.

La siguiente media hora había sido la experiencia más erótica que había tenido en su vida. Ambos habían acabado exhaustos antes de que el calentador se quedara sin agua caliente.

–Tengo que irme –le había dicho él.

Luego la había besado mientras se había abrochado los botones de la camisa.

–Claro –había dicho ella antes de devolverle el beso–. Iré contigo al aeropuerto.

Mientras se ponía unos vaqueros y un jersey, Alex le había dicho que no sería necesario porque estaba acostumbrado a ir solo.

–Sí, pero ahora me tienes a mí.

Le había acompañado al aeropuerto, sentada junto a él en el asiento trasero de un coche alquilado, y habían compartido besos con los que soñaría hasta que volviera.

–Voy a echarte de menos. No puedo creer que nos hayamos encontrado. Nunca creí que esto pudiera ocurrir.

–¿Esto?

–Sí, tú y yo. Así definía mi madre el amor a primera vista. Solo espero que tengamos más años que ellos.

–¿Más años que ellos?

–Me refiero a mis padres. Ellos se enamoraron así, con tan solo una mirada. Nunca hubo nadie más para ninguno de los dos. Eran almas gemelas. Deberían haber pasado juntos cincuenta años, setenta, no veintiséis.

Alex se quedó de piedra. Apenas podía respirar. De repente, la intensidad del brillo de sus ojos verdes se desvaneció.

Daisy se quedó mirándolo, preocupada.

–¿Qué ocurre?

Él tragó saliva. Todavía recordaba la manera en que la nuez de su garganta se había movido.

–Te refieres a toda una vida, ¿verdad?

–Sí.

Apenas había pasado un segundo cuando todo su mundo se vino abajo.

–No –había dicho de manera contundente–. Pero no por ti. No me refiero a que no vayas a pasar el resto de tu vida con alguien. Pero no conmigo.

Recordaba haberse quedado mirándolo fijamente. Se había convertido en un hombre de hielo.

–¿Cómo?

–No pienso casarme. Nunca.

–Pero...

–No quiero casarme.

A pesar de la frialdad de su voz, había fuego en sus ojos.

–Pero...

–No quiero esposa, ni hijos, ni enamorarme. Demasiado dolor. No quiero volver a pasar por lo mismo.

–¿Por tu hermano?

Daisy conocía aquella clase de dolor. Sus padres habían estado felizmente casados hasta la muerte de su padre un mes antes. Era testigo de lo que su madre estaba sufriendo. No había ninguna duda de que era muy duro. Para su hermana y para ella también lo estaba siendo. Pero sus padres habían tenido un matrimonio perfecto y el precio había merecido la pena.

Había intentado explicarle eso a Alex en el coche, pero él no había querido escucharla.

—Es bueno para ti si eso es lo que quieres.

—Pero anoche... Y lo de esta mañana...

—Ha sido estupendo —había dicho Alex antes de apartar la vista.

Los besos habían terminado antes de llegar al aeropuerto. Alex había dejado de mirarla y tenía los ojos fijos en la ventanilla.

—Quizá estoy pidiendo demasiado para ser tan pronto —se había aventurado a decir mientras el coche se acercaba a la terminal de salidas del aeropuerto—. Quizá cuando vuelvas...

—No volveré, Daisy. Tú quieres algo para siempre. Yo no.

Había sido lo último que le había dicho antes de bajarse del coche.

Lo miró un instante mientras trataba de calmar los latidos de su corazón y de volver a dejar aquellos recuerdos de Alexandros Antonides al fondo de su cabeza donde habían estado los últimos cinco años.

No le resultaba fácil mostrarse indiferente. Seguía tan guapo como siempre. Con su porte de metro ochenta y sus anchos hombros bajo la camisa azul que asomaba por el abrigo gris, Alex parecía un profesional de éxito. Su pelo moreno lucía más corto que entonces. Sus ojos verdes destacaban en su rostro bronceado, con sus mejillas prominentes y su nariz recta. Sus labios sensuales resultaban más apetecibles que nunca con aquella arrebatadora sonrisa.

–¿Por qué estás aquí?

–Me ha mandado Lukas.

–¿Lukas?

Lukas, el primo de Alex, había sido su pareja oficial en la boda en la que se habían conocido. Había insistido en que se quedara a su lado durante la recepción para que su madre y sus tías no se empeñaran en presentarle a otras mujeres griegas. Una vez que dejó claro que no estaba disponible, le había guiñado el ojo, le había dado un beso y se había ido a tomar unas cervezas con sus hermanos y primos, dejándola sola. Había sido entonces cuando le había presentado a Alex.

Alex sacó el trozo de papel y se lo mostró.

–Me dijo que hablara con su amiga Daisy, la casamentera.

Allí estaba su nombre, su dirección y su teléfono escritos con la letra de Lukas.

–¿Estás buscando una casamentera? ¿Tú?

–Ya veo que te sorprendes. Piensas que he cambiado de opinión.

Daisy no sabía qué pensar.

–Pues no –continuó él–. Sigue sin interesarme encontrar un alma gemela. Quiero un matrimonio de conveniencia. Una mujer con su propia vida, que se dedique a sus cosas. Ella seguirá su camino y yo el mío, pero me acompañará a mis compromisos y estará ahí por la noche.

–¿Con derecho a roce? –preguntó Daisy.

¿Se estaba sonrojando?

–Seremos amigos –afirmó él con rotundidad–. No es solo una cuestión de sexo.

–Contrata una meretriz.

–No quiero una meretriz. Eso es solo sexo.

–Bueno, no puedo ayudarte.

–¿Por qué no? Eres una casamentera.

–Sí, pero creo en el amor, en la unión de dos almas gemelas –dijo exagerando su sonrisa–. A diferencia de ti, creo en los matrimonios de verdad.

Sus ojos se encontraron y mantuvo su mirada.

–Yo también creo en ellos, pero no quiero uno para mí.

–Entonces, repito que no puedo ayudarte.

A pesar de que hablaba con tranquilidad, su corazón latía con tanta fuerza que podía oírlo.

Sus miradas se encontraron y Daisy sintió el magnetismo que seguía habiendo entre ellos. Ahora era más fuerte y no tan inocente. Le gustaba su vida y por eso merecía la pena resistirse a Alex Antonides.

–Espero que encuentres lo que buscas –dijo ella mirándolo a los ojos–. Me alegro de volver a verte.

Confiaba en que se diera cuenta de que le estaba despidiendo. Podía haber seguido con su vida y haber muerto siendo una mujer feliz. No necesitaba recordar las treinta horas más estúpidas de su vida. Pero, por otro lado, era consciente que le debía su eterna gratitud. Aquel día había cambiado su vida para siempre.

–¿De veras? –preguntó.

Su mirada era tan especulativa como sus palabras. Él sonrió. A pesar de su resistencia, vio en aquella sonrisa al hombre que una vez la había hecho derretirse para después romperle el corazón.

–Adiós, Alex –dijo dándose la vuelta.

–Daisy.

Su voz la hizo detenerse.
–¿Qué?
La sonrisa se volvió aun más atractiva.
–Cena conmigo.

Capítulo 2

QUÉ? ¡No!
No era la misma Daisy que recordaba, pero Alex no pudo darse la vuelta y marcharse. No cuando por fin había vuelto a encontrarla.

–¿Por qué no?

–Porque... porque no quiero.

–¿Me odias? –preguntó él.

Recordaba la manera en que se habían separado. La había dejado destrozada, a punto de llorar. Por suerte, no lo había hecho. Pero lo que ella había querido, compartir toda una vida de amor, era su peor pesadilla. Le había traído recuerdos a los que hacía años había dado la espalda. Lo que había ocurrido aquel fin de semana entre ellos era algo para lo que no estaba preparado y nunca lo estaría.

Así que no tenía sentido darle esperanzas en vano. Se arrepentía de haberla herido cuando la dejó, pero nunca se había arrepentido de lo que había pasado ese fin de semana. Era uno de los mejores recuerdos de su vida.

–Claro que no te odio –dijo ella–. No me importa nada que tenga que ver contigo.

Sus palabras fueron un jarro de agua fría. Pero ¿qué más daba que no le importara? Eso significaba que después de todo no le había hecho tanto daño.

–Bueno, entonces comamos juntos –sugirió él y esbozó la mejor de sus sonrisas–. Por los viejos tiempos

–añadió cuando vio que la palabra «no» se formaba en sus labios.

–No tenemos viejos tiempos.

–Compartimos algo –le recordó.

–De eso hace mucho tiempo, cinco o seis años.

–Cinco y medio –dijo él.

Lo recordaba perfectamente. Fue después de aquel fin de semana cuando decidió quedarse en Europa y comprarse una casa en París. En aquel entonces se había dicho que era lo mejor para sus negocios. Pero no solo habían sido los negocios lo que le habían hecho cruzar el océano. Lo más prudente le había parecido poner distancia con aquella tentación llamada Daisy.

Seguía siendo tentadora, pero podría soportar una cena.

–Será solo una comida, Daisy. Te prometo que no te llevaré a la cama.

Aunque no le importaría.

–No podrías.

Alex pensó que podría, pero los sentimientos se verían envueltos. Así que no podía dejar que eso pasara por muy tentador que le resultara. Aun así, tampoco estaba dispuesto a marcharse.

–Tenemos que ponernos al día.

–Creo que no –dijo Daisy sacudiendo la cabeza.

No había ni rastro de la sinceridad que siempre asociaba a los recuerdos que tenía de ella.

Se quedó mirándola, preguntándose cómo habría sido su vida en los últimos cinco años. Siempre había imaginado que habría encontrado el verdadero amor, un hombre que la hubiera hecho feliz. Y, en las ocasiones en que esa idea le había incomodado, se había dicho que un hombre no podía tenerlo todo. Él tenía todo lo que quería.

Entonces se preguntó si Daisy tendría lo que quería y quiso saberlo.

–Entonces otro día.

–Gracias, pero no.

Sabía que, aunque preguntara cien veces, la respuesta seguiría siendo «no». Y eso le fastidiaba.

–Recuerdo una vez en que tuvimos mucho que decirnos.

–Eso fueron cuentos de hadas, Alex. Ahora, si me disculpas, tengo que irme.

–Te acompañaré –dijo él.

–No quiero decir que me vaya. Tengo que volver dentro. Estoy trabajando en mi despacho.

–¿Tienes que emparejar a alguien?

–Esta noche no.

–¿Hacer fotografías?

Recordaba cómo la cámara era una extensión suya. Ella negó con la cabeza. Esta vez su sonrisa era sincera.

–Entonces, ¿tienes tus propios asuntos? –insistió.

–Sí.

–¿Familia, hijos? Preséntamelos.

Estaba a punto de dirigirse hacia la puerta y de invitarlo a pasar. Pero se quedó donde estaba y sacudió la cabeza.

–Creo que no.

–Nos hiciste fotos.

Se preguntó si aún las tendría. A veces había deseado quedarse con alguna para sacarla de vez en cuando y recordar. Pero era una tontería. Era mejor olvidar.

–¿Por qué te dedicas a emparejar a la gente? –preguntó Alex.

–Es una larga historia –respondió encogiéndose de hombros.

–Tengo tiempo –dijo él.

–Yo no.

–Estás asustada.

Daisy se sonrojó.

–¡No estoy asustada! ¿De qué iba a asustarme?

–No lo sé, cuéntamelo tú –dijo ladeando la cabeza–. ¿Quizá de sentirte tentada?

Ella sacudió la cabeza.

–No me siento tentada. Estoy ocupada y tengo cosas que hacer. Hace cinco años que no te veo, Alex. Ya entonces apenas te conocía. No tenemos nada de qué hablar.

–Claro que sí.

Alex no sabía por qué, pero no podía dejar de insistir.

–Queríamos cosas completamente diferentes. Adiós, Alex –dijo volviendo al interior.

Pero antes de que pudiera hacerlo, Alex la tomó del brazo, la hizo darse la vuelta e hizo lo que tanto estaba deseando desde que se diera cuenta de quién era.

Se inclinó y la besó. Fue un ansia instintiva e impetuosa que no pudo controlar. Era un zumbido en sus oídos y fuego en sus venas. Era el sabor de Daisy, algo que nunca había olvidado. Y en cuanto volvió a saborearla, deseó más y más.

Por un instante Daisy pareció derretirse bajo el roce de sus labios. Pero enseguida aquella sensación desapareció. Se apartó de él y se quedó mirándolo horrorizada. Luego se soltó y volvió al vestíbulo.

–¡Daisy!

La puerta se cerró en su cara.

Alex se quedó allí saboreándola. Estaba intrigado, sorprendido y excitado.

Cinco años antes, Daisy había sido una sirena a la

que había seguido desesperadamente. La había deseado de todas las maneras posibles. Haberla poseído una y otra vez durante aquel fin de semana solo le había hecho desearla más.

Por suerte, al marcharse, había desaparecido la tentación. Pero ahora, a los pocos minutos de volver a verla, esa tentación había regresado. Era lo último que quería, lo último que necesitaba.

Alex se giró y bajó los escalones, y solo se detuvo para tirar a la basura el trozo de papel con su nombre y dirección. Había hecho bien diciéndole que no. Tenía que ser prudente y marcharse.

Diez minutos más tarde, Daisy seguía temblando.

Se sentó en su escritorio y fijó la mirada en la foto que estaba editando. Abriera o cerrara los ojos, solo veía a Alex. Estaba más maduro, más fuerte, más guapo y más todo que de joven.

Se estremeció y se acarició los labios, en un intento por borrar el sabor de su beso. Pero por más que se frotara no iba a conseguirlo y lo sabía. Había intentado olvidarlo durante años, pero había sido imposible. Con el paso del tiempo, al menos había conseguido arrinconarlo al fondo de su cabeza. Seguía estando allí, pero ya no podía hacerle daño.

Ahora Alex había vuelto. Acaba de verlo y de hablar con él. La había besado y ella había estado a punto de devolverle el beso. Había sido tan perfecto como la primera vez.

Pero esta vez Daisy sabía lo que hacía. Porque, si había algo evidente, era que Alex no había cambiado. Tal vez ahora quisiera casarse, pero no quería más que una amiga con derecho a roce. No buscaba amor, ni un matrimonio verdadero. Tampoco quería una familia.

Por una décima de segundo su corazón había querido creer que por fin había entrado en razón y había encontrado sentido al amor, a las relaciones y a un compromiso de por vida.

Por suerte, una décima de segundo era todo lo que había tardado en darse cuenta de que no tenía sentido albergar esperanzas.

Le había demostrado que seguía deseándola en un aspecto. No era tan inocente como para no reconocer el deseo cuando lo sentía. Y lo había sentido firme y erguido cuando Alex la había besado y había estrechado su cuerpo contra el de ella.

Pero el deseo físico era tan solo una respuesta instintiva. No tenía nada que ver con las cosas que de verdad importaban: el amor, el compromiso, la responsabilidad, compartir sueños y deseos... No era más que una necesidad que saciar.

Y no iba a emparejar a nadie para eso. Si lo único en lo que estaba interesado era en encontrar una mujer con la que compartir su cama, pero no su corazón, no estaría interesado en la clase de relación en la que ella creía. Así que no volvería.

Tenía que estar agradecida por ello porque su corazón seguía desbocándose cada vez que lo veía y su cuerpo se derretía con sus caricias. Al menos su cabeza sabía que él era la última persona que necesitaba en su vida.

No solo en su vida, sino en la vida de la persona a la que más quería en el mundo y que en aquel preciso momento bajaba a la cocina.

–¡Mamá! ¡Mamá! –exclamó abriendo la puerta–. ¿No has terminado de trabajar todavía? Tenemos que irnos ya.

Charlie. Cuatro años y medio de alegrías, rodillas lastimadas, besos e impaciencia condensados en la persona más maravillosa que conocía.

Se quedó frente a ella y la miró.

–¡Mamá!

–¡Charlie! –dijo imitando su tono.

–¿Estás lista?

–Casi –dijo y respiró hondo para tranquilizarse.

Daisy guardó el expediente en el que estaba trabajando cuando Alex había aparecido. Deseaba poder hacer lo mismo con los recuerdos. Pero no podía, especialmente en aquel momento en el que el niño la estaba mirando, impaciente.

Impaciencia podía haber sido el segundo nombre de Charlie. Había sido inquieto desde el momento de su nacimiento, incluso antes. Tenía el pelo liso y de color miel como el suyo. Pero sus ojos claros poco tenían que ver con el intenso azul de los de ella. No se parecía a Alex, excepto en el color de sus ojos.

Después de casi cinco años, estaba acostumbrado a él. Cada vez que miraba al niño, no veía a Alex. Veía a Charlie, no al hijo de Alex, excepto en aquel momento. En ese instante, los ojos y la impaciencia eran de Alex.

–Enseguida estoy –dijo con intención de tranquilizar a Charlie.

Sonrió mientras apagaba el ordenador. Estaba segura de que solo ella se daba cuenta de que le temblaban las manos.

–Dijiste que nos iríamos a las seis y media y son casi las seis y media. El partido va a empezar –dijo tirando de la mano de Daisy hacia la escalera.

–Voy.

Guardó el lápiz en el cajón y ordenó el escritorio. Todo muy metódico, paso por paso, prestando atención a cada detalle. Desde el día en que se había enterado de que estaba embarazada, así se las había arreglado para salir adelante.

Charlie se movió inquieto mientras ella terminaba.

—Muy bien, vámonos —dijo dándole la mano y dejando que tirara de ella escaleras abajo.

—Tenemos que darnos prisa. Vamos a llegar tarde. Venga, papá va a lanzar.

Papá. Una razón más para rezar por que Alexandros Antonides no volviera a aparecer en su puerta otra vez.

—Hola, deportista —dijo Cal sentándose junto a Charlie en la manta que Daisy había extendido para sentarse a ver el partido de softball.

Habían llegado tarde, tal y como Charlie había temido. Al menos Cal, el exmarido de Daisy, ya había lanzado y podía sentarse con ellos hasta que llegara su turno de batear.

—Jess y yo hemos hecho un camión de bomberos —dijo Charlie—. Puedo hacer uno contigo.

—De acuerdo, lo haremos el sábado. Podemos usar una caja de cartón y pintarla de rojo. El abuelo va a venir a visitarnos. Le pediré que traiga pintura roja.

—¡Genial! Espera a que se lo cuente a Jess.

—No le pongas celoso —le advirtió Cal, sonriendo al niño y luego a su madre.

Daisy le devolvió la sonrisa y se dijo que no había cambiado nada. Charlie y ella estaban haciendo lo que solían hacer de vez en cuando: ir a ver a Cal jugar en el parque. A pesar de que era octubre y de que ya anochecía pronto, seguían jugando en aquella época del año.

Eran la prueba de que podía haber divorcios civilizados. Cal y ella no se odiaban y ambos querían mucho a Charlie.

–¿... tú?

De repente se dio cuenta de que Cal había dejado de hablar con Charlie.

–Lo siento, estaba pensando en otra cosa.

–¿Qué ocurre? –preguntó él.

–Nada –dijo mirando a su alrededor–. ¿Dónde está Charlie?

Cal le señaló con la cabeza hacia los árboles en los que el niño estaba jugando con el hijo de otro de los jugadores.

–Está bien, pero tú no. Te pasa algo.

–No. ¿Por qué lo dices?

Ese era el problema con Cal. Siempre había sabido leerle los pensamientos.

–Estás distraída.

–Tengo algunos asuntos en la cabeza, Cal. El trabajo...

–No has parado de regañarme y seguro que has venido en autobús.

–¿El autobús?

–Siempre vienes andando para que Charlie pueda montar en su bicicleta –dijo Cal, observándola con atención.

Era cierto, pero se le había hecho tarde por la visita que había tenido.

–No tiene por qué ir todo el día subido a la bicicleta. Es casi de noche.

–Tienes razón –dijo Cal estirando las piernas.

Se echó hacia atrás y se apoyó en los codos para concentrarse en el partido.

–¿Por qué no me lo cuentas? –preguntó sin apartar la vista del bateador.

No iba a dejarlo estar. Nunca había ganado una discusión con Cal. Jamás había sido capaz de convencerlo de nada.

La miró fijamente mientras ella tenía la mirada clavada en el césped. Trató de convencerse de que no pasaba nada, pero no pudo. Se le daba igual de mal engañarse que mentir a su exmarido. Por fin lo miró.

–He visto a Alex.

Se oyó el sonido del bate al golpear la bola y luego gritos. Cal no giró la cabeza para ver qué pasaba.

–¿Dónde lo has visto?

–Vino a mi oficina.

Cal esperó a que le siguiera contando.

–Buscaba una casamentera. Está buscando una esposa.

Cal se quedó boquiabierto.

–¿Te quiere a ti?

–No. Se quedó tan sorprendido como yo cuando llamó a mi puerta. No sabía que iba a verme.

–Entonces, ¿cómo...?

–Lukas le envió.

Cal abrió los ojos como platos.

–Lukas debería preocuparse solo de sus asuntos.

–Por supuesto, pero no lo hace nunca. Además, no tiene ni idea de lo que hubo entre Alex y yo. Nadie lo supo.

Nadie a excepción de Cal y solo porque cuando supo que estaba embarazada, tuvo que contárselo a alguien.

–No culpes a Lukas. Me está haciendo un gran favor al mandarme clientes, aunque esta vez no ha sido así.

–No –dijo Cal bajando la mirada al césped que acariciaba con la mano.

Luego miró a Charlie, que seguía jugando con su amigo en el barro.

–No he dicho una palabra.

–Pero él...

–No –dijo Daisy sacudiendo la cabeza–. Eso no ha cambiado. No hace falta que lo sepa.

–¿Todavía no? –insistió Cal.

–No. Sigue sin querer mantener una relación –dijo Daisy–. No quiere una esposa de verdad. Solo quiere tener una mujer que lo acompañe a eventos sociales y con la que acostarse. Quiere ahorrarse el esfuerzo de salir a buscar una y conquistarla.

–Te conquistó –señaló Cal.

Cal lo sabía. Conocía toda la historia. Había conocido a Cal Connolly al aceptar trabajar con Finn después de la universidad. Cal había sido el fotógrafo al que había sustituido, el asistente de Finn antes que ella.

Incluso después de que Cal montara su propio estudio, había seguido acudiendo al estudio de Finn para charlar. Solían incluir a Daisy en la conversación y había aprendido mucho de ellos.

Finn era brillante, inconsciente e impaciente. Cal era más tranquilo y metódico. Finn tenía esposa y familia, mientras que Cal estaba soltero. Así que aunque Finn había seguido siendo su mentor, había empezado a pasar tiempo con Cal, convirtiéndose rápidamente en su mejor amigo. Hablaban de todo, desde los objetivos de las cámaras hasta los equipos de béisbol, pasando por la comida japonesa y el amor a primera vista.

Sus mayores discusiones tenían que ver precisamente con el amor. ¿Surgía de repente o porque uno se convencía de haber encontrado a la persona adecuada?

Debido a sus padres, Daisy había sido una firme creyente en el amor a primera vista. Por su parte, Cal defendía que la elección de la persona amada podía ser una decisión racional.

Así que cuando Cal le había propuesto matrimonio, había pretendido demostrarle justo eso.

–Evidentemente tu forma de entender el amor no existe –había señalado él–. Lo haremos a mi manera.

Daisy le había dicho que sí. Al final ambos se habían equivocado, aunque lo habían intentado. Daisy seguía creyendo en el amor, pero estaba convencida de que era para otras personas.

–Así que, ¿vas a hacerlo? ¿Vas a buscarle una pareja? –preguntó Cal.

–Por supuesto que no.

–Bien –dijo él y se quedó mirando al campo–. Esta vez... ¿has sentido lo mismo que antes?

Daisy se abrazó las rodillas.

–Sigue siendo muy atractivo –admitió.

Cal estaba observando al siguiente bateador y al oír sus palabras se giró para mirarla.

Daisy sonrió.

–Hablo desde un punto de vista objetivo. No te preocupes. No volveré a hacer una tontería.

–Eso espero.

Cal se puso de pie. Tenía que volver a lanzar.

–¿Estás bien? ¿Puedo hacer algo?

–No, no volverá.

Cal ladeó la cabeza.

–¿No?

–¿Para qué iba a hacerlo? Además, no quiere nada conmigo. Busca una mujer a la que nada le preocupe.

–¿Y Charlie?

–No sabe nada de Charlie. Lo cierto es que le estoy

haciendo un favor. No quiere hijos, nunca los ha querido.

–Porque no sabe que tiene uno –señaló Cal–. ¿Y si lo descubre?

–No lo hará.

–Pero y si...

La insistencia de Cal era algo que odiaba.

–¡Charlie es mío! ¡Y tuyo!

Siempre le había dicho a Charlie, a pesar de que todavía no lo entendiera, que tenía dos padres. Uno era el que le había dado la vida y el otro era Cal, el padre que conocía. Charlie no lo cuestionaba, aunque posiblemente algún día lo haría. Pero para entonces le parecería algo normal en su vida. Nunca llegaría el momento en el que tuviera que decirle que su padre no era Cal. A todos los efectos él era su padre. Siempre había estado ahí para ella. Había sido su marido cuando Charlie nació y le había dado su apellido. Él era el único padre al que Charlie había conocido.

Si algún día le preguntara sobre Alex, se lo contaría. Si en el futuro Alex se enteraba de que había tenido un hijo, quizá se conocerían. Pero por ahora no. Charlie era un niño y era vulnerable. No necesitaba un padre que no lo quisiera.

–No sabes cuál será su reacción si se entera –dijo Cal.

–No se enterará.

–Esperemos que sea así.

Capítulo 3

PASÓ un día y luego otro.

Daisy no dejaba de mirar a su alrededor. Se sentía asustadiza, aprensiva.

Miraba el identificador de llamadas cada vez que sonaba su teléfono. Contenía el aliento cada vez que veía una sombra en los escalones de entrada. Incluso se le había caído la tetera esa mañana cuando un mensajero había aparecido con un paquete para la señora Kaminski, la vecina de arriba.

En aquel momento estaba preparando té para su amiga Nell, que acababa de llevar a Charlie a casa después de recogerlo del colegio.

–¿Ocurre algo?

–No. Es solo que se me cayó la tetera esta mañana y no quiero que vuelva a pasarme.

Daisy colocó la tetera en el quemador y encendió el gas.

–¿Problemas con Cal?

Era lo primero que se le vino a la cabeza a Nell puesto que su exmarido Scott era una fuente continua de conflictos.

–Nunca tengo problemas con Cal –dijo Daisy mirando hacia el jardín, donde Charlie y el hijo de Nell estaban jugando.

–Qué suerte. Scott me está volviendo loca.

A Daisy no le agradaba saber que Scott estaba complicando la vida de su amiga, pero hablar de ello era la única manera de distraer el interés de Nell en ella.

Aliviada de que su vida no fuera tan complicada como la de su amiga, Daisy se sentía más optimista cuando el teléfono sonó nada más marcharse Nell y su hijo.

—Aquí Daisy Connolly.

—Daisy.

La voz era cálida, un poco ronca y reconocible al instante. El vello se le erizó. ¿Por qué no había comprobado esta vez el identificador de llamadas?

—Sí, soy Daisy. ¿Quién es?

—Sabes quién soy.

—Alex.

No tenía sentido hacerse la tonta.

—Sabía que me reconocerías.

—¿Qué quieres?

—¿Estás casada?

—¿Cómo?

—Recuerdo que no te llamabas Daisy Connolly. ¿Tu apellido no era Harris o Morris?

—Harris.

Hubo un silencio de varios segundos.

—Así que te casaste —afirmó.

—Sí.

—¿Y ahora?

—¿Qué quieres decir con ahora?

¿Por qué le preguntaba? No era asunto suyo.

—¿Sigues casada?

¿Qué clase de pregunta era esa? Nunca se le había dado bien mentir y aunque su relación con Alex no había sido larga, sí había sido intensa. Estaba segura de que, si trataba de engañarlo, se daría cuenta.

–Estoy divorciada.

–Ah.

¿Qué significaba? No importaba, no quería saberlo.

–Alex, estoy trabajando.

–Esto es trabajo.

–No, ya te lo he dicho, no voy a buscarte pareja.

–Lo sé. No quieres lo que yo quiero. Pero se trata de fotografías. ¿O también para eso vas a decirme que no?

Abrió la boca, deseando hacer precisamente eso. Pero no quería darle la satisfacción de saber que le había puesto nerviosa.

–¿Qué clase de fotografías? Me dedico a eventos familiares.

–Y a bodas, a encuentros empresariales, a partidos de béisbol...

–¿Cómo lo sabes?

–Tienes una página web –le recordó él–. Internet es algo maravilloso.

Daisy apretó los labios. Fuera, Charlie estaba haciendo ruido con sus coches mientras jugaba en el patio. En cualquier momento abriría la puerta y pediría la merienda. Así que se adelantó, echó el pestillo en la puerta y sacó unas galletas saladas y un poco de queso.

–¿Qué tenías pensado? –preguntó ella.

–Necesito unas fotos. Una revista de arquitectura va a hacer un artículo sobre mí y mi trabajo. Tienen fotos de los edificios que he hecho por todo el mundo, pero ahora quieren que pose delante de uno de ellos –dijo e hizo una pausa antes de continuar–: Me han dicho que pueden mandar un fotógrafo...

–Entonces que lo hagan.

–Te prefiero a ti.

Quiso preguntar por qué, pero no quería saber la respuesta.

–No es mi especialidad –dijo mientras hacía sándwiches con las galletas y el queso.

–Haces fotos para la prensa. Las he visto en revistas.

–Sí, pero no me dedico a recorrer el mundo. Trabajo en la ciudad.

–El edificio está en Brooklyn –dijo y le dio unos segundos para pensar antes de continuar.

–Estoy ocupada.

–Tenemos dos semanas. Y no me digas que tienes ocupado cada minuto de tu vida.

Daisy oyó el desafío en su voz. Era como si le dijera: «No creo que me hayas olvidado. Todavía me deseas. Ahora que te has divorciado quizá ya no creas en esa tontería del amor a primera vista. Tal vez te gustaría un revolcón».

Si no fuera por Charlie, lo haría.

–¿Sigues ahí, Daisy?

–Creo que tengo algo la semana que viene. Espera que lo compruebe.

Era la única manera que se le ocurría para demostrarle que no era una estúpida.

Puso los sándwiches en un plato de usar y tirar, giró el pestillo y abrió la puerta. Charlie levantó la cabeza y, al ver el plato, sonrió y dio un salto.

Daisy se llevó un dedo a los labios para evitar que hablara. Le había enseñado desde pequeño que no debía interrumpir cuando estaba hablando por teléfono. De esa manera, le había explicado, no tendría que buscarle una canguro si podía responder llamadas como si estuviera trabajando en una oficina en vez de en casa.

Charlie se metió un sándwich de galletas en la boca y se llevó el plato fuera. Daisy lo observó unos instantes y sintió que el corazón se le encogía de amor. Luego, cerró con cuidado la puerta y fue a echarle un vistazo a su agenda.

–¿Dónde en Brooklyn? ¿Qué clase de fotos? –preguntó mientras pasaba páginas.

–Park Slope –dijo Alex dándole la dirección–. Es un edificio anterior a la guerra.

–Pensé que eras un arquitecto. Pensé que diseñabas edificios nuevos.

–Este no. El exterior está intacto, excepto por las ventanas. El sitio estaba destrozado y el dueño quería que lo demoliera y que hiciera un edificio nuevo. Pero no pude hacerlo. La estructura era sólida y la arquitectura era buena. Encajaba en los alrededores, así que le propuse un trato: se lo compré y él compró un terreno a cinco kilómetros. Luego le construí lo que quería y yo me quedé con este.

El entusiasmo y la satisfacción de su voz le recordó las esperanzas que tenía en su carrera. Ya por entonces había participado en grandes proyectos de la compañía para la que trabajaba. Pero aquellos habían sido proyectos que le habían asignado y que habían sido idea de otros. Ahora llevaba él las riendas y tomaba sus propias decisiones.

–¿Eres tu propio jefe? –preguntó ella sin poder evitarlo.

–Sí, desde hace cinco años –dijo y se quedó pensativo antes de continuar–: Nunca iba a encontrar el momento perfecto para marcharme, así que decidí dar el paso.

–¿Te alegras?

–No podría estar más contento. ¿Y qué me dices de

ti? Es evidente que dejaste al tipo para el que trabajabas.

–¿Finn? Sí. Y también me gusta lo que hago.

–Puedes seguir contándomelo, si consigues hacerme un hueco en tu agenda.

Aquello sonó profesional. Era un trabajo, nada más y nada menos.

Daisy casi podía olvidar la manera en que la había besado. Se esforzó en apartar aquel pensamiento.

–¿Qué idea tiene el redactor? –preguntó ella–. ¿De qué tratará el artículo?

–De mí –dijo Alex–. De un joven y prometedor arquitecto, etcétera, etcétera. He diseñado un ala de un hospital, la primera que hago, y parece que voy a recibir un premio.

–Es estupendo. ¿Dónde?

No le sorprendía. Alex debía de ser muy bueno en todo lo que se propusiera.

–Al norte del estado. Para eso usarán fotos que ya tienen. Quieren fotos mías en la obra de Brooklyn porque es algo nuevo para mí. Quieren verme en mi ambiente, con los planos en las manos. No sé, tú lo sabrás mejor.

Tal vez debería ser así. Quizá era precisamente lo que tenía que hacer, conocerle, desmitificarle, convertirlo en un archivo digital y en fotografías de veinte por veinticinco centímetros.

–Tengo un rato libre el jueves por la tarde. ¿Qué tal a eso de las tres?

–Estupendo, te recogeré.

–Me encontraré contigo allí. Dime la dirección otra vez.

Era un asunto de trabajo, solo de trabajo.

Le dio la dirección y ella la anotó.

—Hasta el jueves. Adiós.

No pudo dejar de pensar en ello. De hecho, cuando llegó el sábado era lo único en lo que podía pensar.

—Llámale y dile que no puedes —le dijo Cal cuando fue a recoger a Charlie el sábado por la mañana.

Charlie ya le había dado un beso de despedida y había salido corriendo hacia la puerta, ansioso por hablarle a su abuelo del camión de bomberos que iban a hacer.

Pero Cal no le había seguido. Estaba observándola con curiosidad mientras Daisy le contaba acerca de la llamada de Alex y su encargo de un trabajo de fotografía.

—Es solo... una distracción.

—¿Por qué hacerlo entonces? Llámale y dile que no.

—Querrá saber por qué.

—No estás obligada a contárselo.

—Si no lo hago, tendrá sospechas.

—¿Y qué? ¿Va a pensar que le estás ocultando a su hijo?

—No, claro que no. Pensará que sigo enamorado de él o que no confío en mí misma cuando está cerca.

—Es posible —convino Cal—. Pero puede que piense que no confías en él.

Tal vez Daisy no confiaba en ninguno de los dos. Seguía habiendo atracción física entre ellos. No le había contado a Cal lo del beso de Alex ni cómo había reaccionado ella. Algunas cosas eran mejor no contarlas.

—Todo saldrá bien —murmuró, encogiéndose de hombros.

Cal la miró con dureza y ella intentó mantenerse indiferente. Pero Cal era fotógrafo también y veía cosas que otra gente no podía ver.

–¿Es una cuestión hormonal o hay algo más?

Daisy se sonrojó.

–Siento curiosidad por saber lo que ha hecho con el edificio, conocer qué clase de trabajo está haciendo.

–Vaya, vaya.

–De verdad. No pondría en peligro el futuro de Charlie, ya lo sabes.

–No lo olvides –le advirtió Cal.

–No temas. Ya no soy una ingenua.

Cal la miró como si lo dudara y luego se encogió de hombros.

–Si tú lo dices...

–De hecho, creo que puede ser algo bueno. Puedo descubrir algo más de su vida y así contárselo a Charlie algún día. Estaré bien –dijo poniéndole la mano en el brazo–. De verdad, Cal, no te preocupes.

Charlie hizo amago de dirigirse hacia la puerta, pero se dio la vuelta.

–Eso intento. Charlie no lo ha visto, ¿verdad? Ni él a Charlie, ¿no?

–¡No!

–Algún día...

–Algún día se conocerán. De momento, si hace preguntas, yo las responderé. Pero no permitiré que le haga daño. Lo sabes, ya lo hemos hablado.

Cuando un hombre pensaba lo que Alex acerca de los hijos, introducirlo en la vida de Charlie era un riesgo que no pensaba asumir.

Además, tenía un padre estupendo en Cal.

–Venga, papá –dijo Charlie asomando la cabeza por la ventanilla del coche.

–Venga, papá –le dijo Daisy–. Y no te preocupes. Estaré bien. Haré las fotos, disfrutaré con su atractivo y me iré a casa. Fin de la historia. Confía en mí. Puedo cuidarme sola.

El edificio que Alex estaba reformando estaba cerca de Prospect Park. Daisy lo encontró enseguida. Estaba al final de una calle residencial llena de árboles haciendo esquina con otra comercial.

Había llegado con antelación para dar un paseo y conocer el vecindario. Quería sentirse profesional antes de encontrarse con él. El día era frío y los árboles estaban en todo su esplendor otoñal. Daisy sacó la cámara e hizo una docena de fotos desde todos los ángulos.

El edificio era alto, estrecho y, como los demás del barrio, de cuatro pisos, pero, por alguna razón, parecía atraer más la atención.

Se fijó con más detenimiento, tratando de entender lo que estaba viendo. La planta baja albergaba una tienda de electrónica, un extraño inquilino para un viejo edificio, pero que encajaba a la perfección. Enseguida supo por qué. Las ventanas eran más altas que las de las otras casas de la manzana y recordó que Alex le había contado que las había cambiado.

La segunda planta tenía ventanas en arco de estilo gótico y marcos en color crema que contrastaban con el ladrillo rojo oscuro. En el ventanal del centro había un rótulo sencillo y elegante en negro del estudio de arquitectura Antonides.

Mientras recorría la acera, empezó a tener ideas. Haría fotos a Alex en aquel ventanal, mirando hacia fuera. Y otra en su mesa. Podía imaginárselo inclinado sobre unos planos, con el pelo cayéndole sobre la frente, mientras estudiaba unos planos.

Sin duda habría muchas otras posibilidades en el interior. Quizá hubiera una escalera amplia o un ascensor antiguo o una claraboya, pensó sonriendo.

De pronto, entusiasmada y sintiéndose una fotógrafa competente y profesional por primera vez desde que Alex le pidiera que le hiciera las fotos, Daisy se giró y se topó con un fuerte pecho masculino.

Capítulo 4

TE HE visto caminando arriba y abajo por la calle. Pensé que te habías perdido.

Alex la había agarrado al chocar con él y seguía sujetándola. Sus cuerpos se estaban rozando.

El corazón de Daisy latía desbocado. Rápidamente se apartó de él.

—No estaba perdida —dijo sin aliento—. Estaba estudiando el edificio desde todos los ángulos.

Lo miró entornando los ojos, tratando de no dejarse arrastrar por el magnetismo de aquel hombre. ¿Qué tenía Alexandros Antonides que tanto le atraía?

Seguía siendo muy atractivo. Alto, esbelto, ancho de hombros... Alex no necesitaba alardear de masculinidad.

—Si has acabado de verla por fuera, te enseñaré el edificio por dentro.

Alex le dedicó una de aquellas sonrisas que, desde el principio, habían socavado su sentido común.

Pero ahora era más madura, se recordó Daisy y también lo conocía mejor.

—Muy bien, te sigo —dijo.

Alex le quitó de la mano la funda de la cámara y uno de los trípodes. Ella se quedó con un trípode pequeño y el bolso.

—Podías haber dejado todo esto en el edificio mientras dabas el paseo –dijo él mientras cruzaban la calle–. ¿Cómo has llegado hasta aquí?

–En metro.

–¿Con todo esto? ¡Por el amor de Dios, Daisy! ¡Hay taxis en Manhattan!

–Es más práctico tomar el metro.

–Te podía haber pagado el taxi.

–No es necesario. Es un gasto de trabajo. Cuando quiero tomar un taxi, lo tomo. Prefiero venir en metro a Brooklyn, así me ahorro los atascos. ¿Podemos ponernos a trabajar?

No necesitaba que le dijera lo que era mejor para ella.

Alex gruñó y sacudió la cabeza mientras le abría la puerta. La tienda de electrónica tenía la entrada por un vestíbulo interior, a un lado del edificio. En el otro había una papelería.

–Lo antiguo y lo moderno –señaló Daisy, mirando una tienda y otra.

Alex le mostró la tienda de electrónica, llamando su atención sobre las ventanas nuevas, los antiguos paneles de roble y el techo recién restaurado. Era una gran combinación que hacía destacar los artículos electrónicos. Después de un rápido recorrido, la llevó hasta la papelería. Los expositores de plumas, tintas y demás artículos resultaban igualmente atractivos. Junto a los grandes ventanales Alex había diseñado unos asientos que se usaban como recovecos en los que un par de personas podían sentarse a probar los productos. La clientela era tan joven como la de la tienda de electrónica.

–Cuando subamos, te enseñaré fotos de cómo era antes. Haz fotos de lo que quieras. Den y Caroline, los dueños de las tiendas, han dado permiso.

–Estupendo, gracias. No hace falta que te quedes –dijo al ver que no hacía amago de marcharse–. Haré unas fotos aquí y luego iré a tu despacho.

–He hecho un hueco en mi agenda –dijo y dejó la funda en el suelo, antes de apoyarse en la pared a observarla.

Daisy estaba acostumbrada a hacer su trabajo olvidándose de todo lo demás y concentrándose en los disparos. Sin embargo, en aquel momento era consciente de que Alex no le quitaba los ojos de encima. Trató de convencerse de que tan solo estaba siendo educado. Pero no se limitó a observarla mientras hacía fotos de la tienda de electrónica y la papelería. También la siguió fuera.

Daisy lo miró y él la sonrió.

–Estupendo –murmuró–, si quieres pegarte como una lapa... —dijo y le indicó que se acercara a una de las enormes puertas de roble–. Quédate ahí y pon cara del señor del castillo.

Comprendió perfectamente lo que pretendía y se apoyó en la pared junto a la puerta principal con aire posesivo.

–Ya está –dijo Daisy después de disparar media docena de fotos.

–Entonces, subamos –dijo guiándola arriba.

El ascensor era funcional, así que no sabía qué esperar cuando se abrieran las puertas. Tal vez habría un pasillo o puertas que llevaran a despachos.

El ascensor se abrió a una gran sala que daba al norte. El suelo era de madera de roble y en algunas zonas estaba cubierto de alfombras grises. En una de esas zonas había una mujer tomando notas mientras hablaba por teléfono. No muy lejos, había unos sofás y unas butacas que invitaban a sentarse para consultar los libros que había en una estantería de suelo a techo.

En donde el suelo era de madera, vio varias mesas con planos y maquetas detalladas. A los lados de la sala, accesible para todos, había mesas de dibujo y un par de personas estaban trabajando en ellas.

—Vaya —dijo Daisy impresionada—. Es un lugar muy agradable.

—A mí me gusta. Te enseñaré el resto.

Le presentó a Alison, una mujer de mediana edad y directora de la oficina. Luego, le presentó a los que estaban trabajando en las mesas de dibujo. Naomi, una joven morena, estaba concentrada en lo que estaba proyectando y apenas levantó la cabeza para sonreír. Steve, un joven en prácticas, le hizo algunas preguntas sobre el proyecto y Daisy aprovechó para hacerles unas fotografías.

Mientras Alex contestaba las dudas de Steve, paseó por la habitación y siguió haciendo fotos. Vio cómo se inclinaba sobre la mesa para señalarle algo a Steve, mientras un mechón de pelo le caía sobre la frente. Tomó un par de instantáneas más y fue incapaz de apartar la mirada incluso después de bajar la cámara.

—Lo siento —dijo él volviendo junto a ella—. No pensaba tardar tanto.

—No pasa nada. ¿Cuál es tu mesa? —preguntó ella, señalando las mesas vacías.

—Está arriba. Te la enseñaré.

La llevó hasta una escalera de caracol que había en un rincón.

—Podríamos tomar el ascensor, pero es más rápido por aquí.

Era una escalera de hierro forjado que llamaba la

atención y que destacaba entre aquel entorno funcional.

–¿Es original?

–No, pero quería algo que destacara –contestó Alex–, algo que fuera de la época en que se construyó la casa.

–Es perfecta –dijo Daisy, indicándole que subiera antes que ella–. Date la vuelta –le pidió cuando estaba a mitad de los escalones y le hizo varias fotos.

Luego, cuando siguió subiendo, se sintió tentada a fotografiarle de espaldas, pero no quiso distraerse pensando en lo tentador que era Alex Antonides.

–No dejo que suban aquí. Necesito mi espacio.

–El lujo de ser el jefe –dijo Daisy.

La habitación que había convertido en su despacho no era grande. Al igual que la sala del piso de abajo tenía ventanas en arco de estilo gótico y suelos de madera de roble. Había estanterías llenas de libros de arquitectura, diseño, historia, arte y fotografía. Daisy se detuvo a ver los títulos y le resultó desconcertante encontrar muchos de los libros que tenía en sus estanterías. Fuera lo que fuese, no era solo algo físico. Le gustaría que así fuera puesto que sería mucho más sencillo resistirse.

–¿Puedo? –preguntó pidiéndole por gestos permiso para seguir haciendo fotos.

–Claro –contestó él asintiendo.

–He oído que está de moda poner ventanas pequeñas para ahorrar energía. Es evidente que no crees en eso.

–Tiene sentido, pero la luz también es buena. Si bien es cierto que se ahorra energía con ventanas pequeñas, me gusta la luz. Así que me gusta que las ventanas cumplan con su función –dijo y se detuvo–. Lo siento, te aburro.

Daisy bajó la cámara.

–Lo cierto es que no. Soy fotógrafa, a mí también me gusta la luz.

–Ven, te enseñaré la mejor luz de todas.

Sin comprobar si lo seguía, se dirigió al siguiente piso por la escalera de caracol. Daisy siguió pensando que habría otra zona de oficinas. Pero cuando llegaron al rellano y él abrió la puerta, se dio cuenta de que se había equivocado.

Allí era donde Alex vivía.

Si no le hubiera dado la bienvenida, lo habría adivinado de todos modos. Las paredes claras, los colores tierra, el mobiliario moderno y la alfombra azul y dorada en medio del suelo de madera de roble creaban un telón de fondo para el hombre que había conocido. Aunque no lo hubiera tenido al lado, habría adivinado que era su casa.

En el mobiliario, en los libros, en los dibujos enmarcados de las paredes, la huella de Alex estaba en todas partes. Se sorprendió por lo rápido que se sintió como en casa.

No, no podía sentirse como en casa. Respiró hondo.

–Bueno, enséñame la mejor luz de todas –dijo usando sus palabras.

–Por aquí –dijo él sonriendo.

Daisy se detuvo al darse cuenta de dónde iban a entrar.

–No pretendía...

Alex se dio la vuelta y sonrió.

–Tú lo has pedido.

Daisy se percató de que la estaba retando. Así que entró y miró a su alrededor. Había una claraboya encima de la cama, que era de gran tamaño.

–Qué bonito –dijo sin apartar la vista de la claraboya hasta que volvió al salón de nuevo–. Permíteme hacer unas fotos aquí.

Se habría quedado allí horas, deseando conocer más de él aun sabiendo que no debería ser así.

El apartamento de Alex no era un lugar impoluto. Había platos en el fregadero y un periódico en la encimera. Dos pares de zapatillas de deporte, una bolsa de gimnasia y una bicicleta estaban junto a la que debía de ser la puerta principal, la que no llevaba a las oficinas. Una de las paredes de la cocina tenía un mural pintado de lo que parecía una imagen de las islas griegas: mar azul, cielo, casas blancas e iglesias abovedadas.

–¿Lo ha pintado Martha?

Martha era la hermana gemela de Lukas. Daisy se la había encontrado varias veces a lo largo de los años. Sabía que Martha vivía en Montana durante parte del año y el resto en Long Island o allí donde su marido, Theo Savas, estuviera navegando.

A Daisy le parecía una forma de vida muy exótica. Ella había nacido en Colorado y había ido a Nueva York a estudiar en la universidad, de donde no había salido salvo para volver a casa ocasionalmente.

–Así es –respondió Alex.

–Me gusta.

–A mí no –dijo Alex sorprendiéndola.

–¿Qué? ¿Por qué no?

–Recuerdos –contestó él sacudiendo la cabeza.

Daisy le recordó que le había contado que su hermano había muerto joven.

–Podrías hacer que pintaran encima –le sugirió.

–Me he acostumbrado a tenerlo. Es solo que no lo esperaba. Me iba de la ciudad y le pedí que pintara lo que quisiera. Pensó que me gustaría. ¿Podemos seguir con esto? –preguntó bruscamente, señalando la cámara.

–Sí, por supuesto –respondió Daisy, sintiéndose confusa–. Siéntate ahí y haz que lees algún libro –dijo señalando una de las butacas que había junto a la ventana.

Alex tomó un libro y se sentó. Luego lo abrió y simuló estar leyendo mientras Daisy se movía y disparaba.

–He contratado una casamentera –dijo él pasando la página.

A Daisy se le resbaló el dedo del disparador. Luego respiró hondo y siguió haciendo más fotos.

–¿De veras? –dijo bajando la cámara–. Me alegro por ti. Estoy segura de que encontrarás lo que estás buscando. Gírate un poco más.

–La he encontrado por Internet –dijo él obedeciendo.

–¿Por Internet? ¡Por el amor de Dios, Alex! ¿Cómo sabes que es de fiar? Puede que sea una impostora, una desaprensiva buscando sacarle el dinero a pobres estúpidos confiados.

–¿Pobres estúpidos confiados como yo? –preguntó él apartando la mirada del libro y arqueando una ceja.

Daisy sintió que se le sonrojaban las mejillas.

–¡No quería decir eso! –exclamó y volvió a ponerse tras la cámara–. Quiero decir que no todo el mundo es honesto. ¿Qué sabes de ella?

–Tiene un título en Ciencias Sociales. Nació y se crio en Virginia. Vino a la gran ciudad nada más acabar la universidad. Me recuerda un poco a ti.

–No soy de Virginia –dijo Daisy–, ni tengo un título en Ciencias Sociales.

–Así que tal vez esté mejor cualificada que tú –murmuró Alex, sonriendo con picardía.

–Quizá. Ya he hecho suficientes aquí, volvamos a tu despacho.

Quería irse a otro sitio donde pudiera concentrarse

en su trabajo. No quería escuchar nada más acerca de aquella casamentera.

Alex recogió la funda de la cámara y volvió a bajar la escalera.

—Anoche salí con una de las candidatas.

—Qué bien —comentó Daisy forzando una sonrisa—. A lo mejor encuentras esposa antes de Navidad.

—Quizá. Es corredora de bolsa. Es agradable, aunque intensa.

Daisy le señaló una mesa de dibujo.

—Saca un dibujo y concéntrate.

No quería acabar analizando su cita.

—Demasiado intensa para mí —continuó él mientras obedecía y extendía unos bocetos sobre la mesa—. No paró de hablar de todo, desde lámparas a periquitos, pasando por acciones o astronomía.

—Bueno, es pronto todavía —dijo Daisy—. Quizá la siguiente sea mejor.

Si hubiera sido su cliente, habría seguido hablando con él para averiguar lo que no le había gustado y qué consideraba demasiado intenso. Pero no era ella la que estaba buscando esposa para Alex Antonides.

Él fijó la mirada en el boceto.

—Quizá. Esta noche voy a salir con otra.

—¿Otra?

¿Tan rápido?

—Amalie, la casamentera, tiene una lista enorme.

—¿Es francesa?

—Su madre es francesa —contestó él arqueando una ceja—. ¿Acaso es un problema?

Daisy volvió a refugiarse en la cámara.

—Claro que no, solo me lo estaba preguntando. Supongo que te estará presentando a mujeres francesas.

Tenía sentido. Al fin y al cabo, Alex pasaba gran parte del año en París.

–Son profesionales –la corrigió Alex–. Y no busco francesas. Ahora vivo aquí.

Aquello era nuevo. Daisy permaneció tras la cámara y evitó moverse.

Alex recogió los bocetos y los enrolló. Hubiera o no terminado Daisy, estaba claro que él sí.

–Tiene una lista tan larga como mi brazo. Dice que tengo que tener opciones.

A Daisy no le gustaba dar opciones. Claro que ella ayudaba a encontrar almas gemelas, no compañeros de sexo deseosos de compartir una hipoteca.

–Así que tengo que dar con la adecuada –dijo Alex.

«Buena suerte», pensó Daisy.

Pero contuvo su escepticismo.

–Terminé –dijo y empezó a desmontar su cámara–. Espero tenerlas editadas la próxima semana. Mañana estaré todo el día fuera y no voy a poder trabajar este fin de semana. Si me das una tarjeta tuya, te mandaré un correo electrónico cuando acabe. Ya me dirás si quieres que te las mande en un disco o por correo electrónico, o si quieres que las haga llegar directamente a la revista.

Alex sacó una tarjeta de su cartera y escribió algo en el reverso antes de entregársela.

–Puedes llamarme a este número cuando quieras.

Daisy se la guardó en el bolsillo y sonrió mientras cerraba la cremallera de la funda de la cámara. Luego se la colgó del hombro y ofreció su mano a Alex.

–Gracias.

Él se quedó mirándola, antes de estrecharle la mano.

Daisy trató de no pensar en aquel contacto. Su mano era cálida y firme, y había algunos callos en ella, como si no solo dibujara sentado en su despacho. Recordó que aquellas manos habían recorrido su piel y tragó saliva.

–Gracias a ti también –dijo soltándola bruscamente.

–Adiós.

Una sonrisa más y se marcharía.

Alex asintió, con la mirada fija en ella. De pronto el teléfono sonó.

–¿Qué pasa, Alison? –dijo con tono impaciente–. Muy bien, de acuerdo. Dame un segundo –y girándose a Daisy, añadió–: Tengo que ocuparme de esta llamada.

–Claro, ya me iba.

Bajó la escalera y salió por la puerta sin mirar atrás. Lo había hecho, se había metido en la boca del lobo, y había sobrevivido tal y como le había dicho a Cal.

Contemplar la oscuridad a través de la claraboya estaba resultando inútil. Fuera había estrellas y algunas nubes en el cielo.

También estaba Daisy.

Alex se dio la vuelta y ahuecó la almohada, pero no sirvió para nada. La tenía en la retina.

Todo el día había sido un desastre. Bueno, no era del todo cierto. Antes de las tres de la tarde, las cosas habían sido como siempre. Había estado algo distraído, pero había conseguido trabajar un rato.

Entonces había aparecido Daisy, tal y como esperaba.

Se suponía que iría, le haría las fotos y se iría de nuevo. Él tenía que sonreír y mostrarse profesional, competente y desinteresado. Al pedirle que le hiciera las fotos, la relación entre ellos sería profesional. Así se convencería de que no se sentía atraído por ella.

Lo cierto era que no había sido así.

El día no había sido tan normal antes de las tres. A pesar de que había conseguido trabajar algo, no había dejado de acercarse a la ventana cada pocos minutos.

¿Por qué su corazón se había desbocado al verla en la acera, haciendo fotos de su casa? ¿Por qué había interrumpido a Steve a media pregunta para bajar a buscarla? ¿Por qué había deseado alargar la mano y acariciarla? ¿Por qué había tenido que contenerse para evitar besarla después de que chocara con él?

Le volvía loco. No podía dejar de pensar en ella. Desde que la viera, le era imposible concentrarse en otra cosa.

El deseo de tocarla, de acariciarle el pelo, de atraerla hacia él y besar sus labios había durado todo el tiempo que había estado allí. Su corazón había empezado a latir con fuerza desde el momento en que la había visto y no había dejado de hacerlo hasta que había contestado aquella llamada y ella se había ido.

Había deseado detenerla y pedirle que se quedara porque había sido muy poco tiempo y no había tenido suficiente de ella. Pero a la vez sabía que era una tontería. No quería ni necesitaba a Daisy en su vida.

No importaba que estuviera divorciada. Ella seguía deseando cosas que él no quería ni estaba preparado para dar. Así que el sentido común le había hecho cerrar la boca y no la había detenido ni le había pedido que volviera.

Lo mejor era que se hubiera ido. Y mejor aún que él hubiera tenido una cita por la noche con una de las candidatas de Amalie. Lo malo había sido que no había podido sacarse a Daisy de la cabeza.

Su nombre era Laura, Maura o Dora, no lo recordaba. Había sido agradable de una manera superficial, pero no había dejado de hacer comparaciones entre Daisy y ella.

Laura, Maura o Dora había salido perdiendo. No tenía el encanto de Daisy, ni su habilidad para escuchar, ni su sonrisa, ni su mirada despierta, ni su entusiasmo.

Él se había mostrado educado, la había escuchado y había sonreído hasta dolerle la mandíbula. Había hablado algo de él, pero sin ninguna gana. Era fácil adivinar que también se había aburrido. Al acabar de cenar, se habían despedido con un apretón de manos y cada uno se había ido por su lado. Poco después de las diez había llegado a su casa.

Había sido entonces cuando se había dado cuenta de su error. Había estado perdiendo el tiempo.

No había logrado sacarse a Daisy de la cabeza pidiéndole que le hiciera las fotos.

Miró por la ventana y fijó los ojos donde la había visto por primera vez, con el pelo revuelto por el viento y la cámara en las manos, haciendo fotos de su edificio. Cuando se cansó de pasear por su apartamento, bajó a las oficinas de su estudio para trabajar. En cuanto se sentó en su mesa, sintió su presencia por encima de su hombro derecho, el mismo por el que se había asomado esa tarde.

Se dio por vencido tras media docena de bocetos y volvió a subir, se quitó la ropa y se metió en la ducha. Al menos, Daisy no había estado allí. Recordó que cinco años antes se había duchado con ella y tuvo que girar el grifo hasta sentir el agua fría sobre la piel. Pero su excitación se mantuvo.

Quería salir a montar en bicicleta y quemar energía, pero no en Brooklyn ni a medianoche.

Había creído que podría volver a verla y olvidarla, pero no había sido así. No había podido olvidarla y nunca lo conseguiría hasta que Amelie le encontrara a la mujer perfecta.

Se tumbó en la cama, se quedó mirando la claraboya y se dio cuenta de su estupidez.

Daisy había estado en su habitación. La había llevado hasta allí para enseñarle la mejor luz, deseando hacerla perder los estribos. Pero no había sido ella la que los había perdido.

El problema de dedicar una hora a hacerle fotos a Alex era que esa hora era tan solo el principio. Él ya había terminado, pero Daisy tenía que trabajar con las imágenes, estudiarlas, analizarlas y elegir las mejores. Tenía que pasar horas y horas contemplándolas.

No quería verlo en su ambiente hora tras hora y deleitarse con su atractivo rostro. No quería concentrarse en aquel cuerpo musculoso estirándose sobre la mesa de dibujo para indicarle algo a Steve.

Se había convertido en todo lo que había pensado que se convertiría y no podía soportar contemplarlo.

Guardó las fotos y se fue a leer un cuento a Charlie. Al día siguiente verían una película y al siguiente tenía que hacer las fotografías de los alumnos de un instituto. Volvería a dedicarse a las fotos de Alex cuando el recuerdo de estar en su oficina y en su apartamento no fuese tan reciente.

Necesitaba tiempo, un siglo o dos.

Necesitaba espacio. ¿Sería suficiente con alejarse una galaxia?

El problema con las candidatas que Amelie le estaba buscando era que ninguna de ellas merecía la pena. Había salido con media docena de mujeres desde que la había contratado. Después de Gina y de aquella superficial cuyo nombre no recordaba, había conocido a la imperturbable Deirdre, a la nerviosa Shannon y a una política llamada Chloe.

Pero, si las anteriores habían sido malas, la de esa noche no había sido mejor, a pesar de que Amelie le había prometido que serían perfectos el uno para el otro.

–Es una estudiante de arquitectura. ¡Tenéis tanto en común!

Había quedado con ella en un restaurante cerca de Lincoln Center. La había encontrado en la barra, con el pañuelo rojo que le había dicho que llevaría en el cuello para que la reconociera.

Se parecía mucho a Daisy, aunque era más rubia y un poco más alta. Sus ojos eran de un color verde grisáceo. Al verlo, sonrió.

–¡Sabía que eras tú! –exclamó–. Eres más guapo que en la foto.

No sabía si lo había dicho en serio, pero tampoco le importaba. Sus ojos no brillaban tanto como los de Daisy.

–Amelie me ha dicho que estudias arquitectura –le dijo nada más sentarse en la mesa.

Lo que Tracie sabía de arquitectura lo había aprendido en Wikipedia. Siempre era interesante saber qué edificios inspiraban a otro arquitecto, pero Tracie ni siquiera era estudiante de arquitectura. Después de dos horas sin parar hablar, estaba harto. Si no se hubiera parecido tanto a Daisy, no habría aguantado tanto tiempo.

Pero lo cierto era que cuanto más tiempo pasaba,

más distinta a Daisy la encontraba. Tracie era nerviosa. Tenía una risa histérica y su voz era estridente.

La risa de Daisy le hacía sonreír. Sus ojos siempre brillaban, bien de alegría o de fastidio. Cuando estaba con ella no podía dejar de mirarla. Su voz era siempre tan suave como la miel.

–Te aburres –dijo Tracie.

–No –mintió Alex negando con la cabeza–. Estoy distraído. Acabo de recordar que me están esperando en otro sitio.

–¿Esta noche?

–Tengo que recoger unas fotos. Necesito entregárselas a la directora de una revista por la mañana.

No era del todo cierto. Pero sí había llamado la directora el día anterior preguntándole cuándo estarían.

–Lo siento –dijo Alex–. Tengo que irme.

Se acabó el café y pidió la cuenta. Luego la acompañó a tomar un taxi y esperó a que se marchara. Hasta que no desapareció no respiró aliviado. Era libre, pero ¿para qué?

Eran poco más de las nueve. No era tarde para hacer algo excitante y que le disparara la adrenalina.

Pero la adrenalina ya la tenía disparada y sus pies se pusieron en marcha. Sabían perfectamente dónde ir y antes de que se diera cuenta estaba en la esquina en la que Daisy tenía su despacho.

Daisy era la razón por la que había tenido cinco citas en los últimos diez días. Quería dejar de pensar en ella, pero no lo había conseguido. Cada noche se tumbaba en la cama y se quedaba mirando la claraboya, recordando sus ojos brillantes, su piel dorada, su cálida sonrisa... Y estando en la cama, también recordaba las caricias en su piel y los besos en la boca.

No podía presentarse en su puerta deseando llevársela a la cama. Quizá ni siquiera estuviera allí. Era su oficina y dudaba que estuviera editando fotos a aquellas horas.

Ahora que estaba divorciada, probablemente tuviera citas. Quizá hasta tuviera novio. Hundió las manos en los bolsillos de la chaqueta mientras empezaba a avanzar por la calle.

No esperaba que estuviera allí, así que se sorprendió al ver luz en el apartamento que era su oficina. Se detuvo enfrente y se quedó mirando. Se preguntó si dejaría las luces encendidas. Quizá no estuviera allí.

Estaba a punto de darse la vuelta y marcharse, cuando oyó el sonido de la cerradura al abrirse. La puerta se abrió.

Daisy se quedó mirándolo.

–¿Alex?

–He venido a buscar las fotos.

–¿Qué?

–La directora me ha llamado. Quiere las fotos. Dijiste que las tendrías listas.

–Te dije que te llamaría cuando estuvieran listas –dijo aferrada al pomo de la puerta.

Llevaba unos vaqueros y una sudadera, y estaba muy sexy. Tenía la melena rubia suelta y alborotada.

–¿Interrumpo algo? –preguntó y entró antes de que pusiera alguna objeción.

–¿Cómo? –dijo ella frunciendo el ceño–. Mi trabajo. Si quieres las fotos, deja que siga trabajando en ellas. Todavía no están. Lo siento, he estado muy ocupada. Te las daré mañana. Yo...

–Déjame verlas.

–No mientras sigo trabajando.

–¿Por qué? ¿Te da miedo la opinión de otra persona?

–¿Acaso te doy yo mi opinión sobre tus edificios? No, así que márchate.

Pero Alex no quería irse. Quería sentarse y verla trabajar. Quería acariciar su pelo y atraerla hacia él. Quería deslizar la mano por su espalda y tomar su trasero...

Gruñó.

–¿Qué ocurre?

Estaba mirándolo fijamente, preocupada.

Él apretó los labios y luego se dio la vuelta, consciente de que tenía que irse. Pero no podía moverse. Era como si lo hubiera embrujado y no pudiera encontrar a esa mujer que sabía que tenía que estar en alguna parte y que sería perfecta para él.

–¿Alex?

–He tenido cinco citas, todas ellas un desastre.

Daisy abrió los ojos como platos. Se quedó mirándolo fijamente y soltó un sonido que podía haber sido una carcajada o un resoplido.

–Qué lástima –dijo Daisy.

–Así es, maldita sea. Es una pérdida de tiempo.

Alex hizo crujir los nudillos y se levantó para pasear impaciente por el despacho de Daisy. Pero con cada paso la sentía más cerca. La deseaba.

Ella pasó junto a él y se acercó a su mesa. Él se dio la vuelta para seguirla y se dio de cara con las fotos de las paredes. En ninguna de ellas salía Daisy, pero decían mucho de ella, de lo que ella buscaba y él no: familias, niños, mascotas...

La miró. Tenías las mejillas coloradas y se pasó la lengua por los labios. Ella lo observaba preocupada.

–No importa. Tengo que irme –dijo él bruscamente.

Ignoró su deseo y se obligó a dar la espalda a la mujer más guapa a la que le había hecho el amor.

Luego salió por la puerta. Estaba a medio camino de los escalones cuando se dio la vuelta, con el corazón todavía desbocado.

–Mándame esas fotos, maldita sea.

Capítulo 5

AL DÍA siguiente, Alex recibió un correo electrónico con un enlace a una página desde la que se podían descargar las fotografías que Daisy había hecho.

Aquí las tienes. Siento haber tardado tanto. Espero que sean del gusto del redactor. Gracias por la oportunidad de trabajar contigo. Saludos, Daisy Connolly.

¿Saludos? ¿Daisy Connolly? Como si necesitara su apellido para distinguirla de las otras Daisy que había en su vida.

Maldita fuera. Alex golpeó con el puño la mesa, cerca de la pantalla del ordenador. Tras aparecer en su puerta y hacer el ridículo, Daisy había terminado de repente de editar las fotos, las había enviado y lo había apartado de su vida.

Había pasado media noche despierto, con la mirada fija en la claraboya, deseando que Amalie encontrara una candidata aceptable.

Por la mañana la llamó y le pidió una mejor selección.

—La última era una charlatana. Si era estudiante de arquitectura, yo soy jugador de los Yankees de Nueva York.

–Voy a hablar con otra joven hoy –le prometió–. Eres muy impaciente. Estas cosas llevan su tiempo.

Ese era el problema, que llevaran su tiempo. Si Daisy quisiera lo mismo que él, no habría ningún inconveniente.

Pero no era así y se lo había dejado perfectamente claro. Seguramente había estado muy ocupada para acabar con sus fotos. Pero al verlo ante su puerta, se había puesto a trabajar en ellas para no tener que volver a verlo.

No podía negar que eran unas fotografías estupendas.

Estaba viéndolas en su despacho. Las había esparcido sobre su mesa de dibujo para estudiarlas y verse a sí mismo a través de los ojos de Daisy. La mayoría eran en blanco y negro, lo cual le sorprendió. Pero cuanto más se fijó, mejor lo comprendió.

Lo había entendido perfectamente. Se veía a un hombre de poca paciencia, pero que sabía lo que quería. Daisy tenía que haberse dado cuenta de que la quería a ella.

Suspiró, recogió las fotos y las guardó en un sobre. Claro que debía de haberse dado cuenta.

Ella no lo quería a él, al menos no en las mismas condiciones.

Así que ya no la volvería a ver. Fin de la historia.

Daisy seguía respirando hondo una semana más tarde. Sabía que tenía que haber editado las fotos antes y habérselas mandado enseguida. Pero no lo había hecho.

Así que Alex había aparecido en su casa, irritado. Había entrado tan rápidamente que no había podido impedírselo. Ella se había ido al otro extremo de la habitación para poner distancia entre ellos. Todos sus sentidos se ponían en alerta con Alex. Su cuerpo lo deseaba a pesar de que su cabeza le decía que fuera prudente. Había decidido resistirse a Alex y a la atracción que sentía por él.

Entonces, bruscamente se había girado y se había marchado. Daisy se había quedado mirándolo mientras salía al frío de la noche. Después había cerrado la puerta y se había quedado apoyada en ella, con el corazón latiéndole a toda prisa.

Había tenido que pasar una semana para que la adrenalina le bajara y algunos días más para afirmar con rotundidad ante Cal que la vida volvía a la normalidad.

Así que aquel primer sábado de noviembre, cuando llamaron a su puerta, fue toda una sorpresa encontrarse a Alex en vez de al repartidor de la comida tailandesa que había encargado.

–Buenas noches.

Su tono era más amigable que el del Alex que se había presentado allí la última vez.

–Buenas noches –replicó ella con cautela, tratando de no reparar en sus mejillas recién afeitadas y en su sonrisa traviesa.

–Tan solo quería contarte que quizá he encontrado lo que buscaba.

–¿Lo que buscabas?

–Sí, una mujer, una esposa –contestó él ensanchando su sonrisa.

Daisy sintió un vuelco en el estómago. Tragó saliva y luego esbozó una sonrisa cortés.

–Qué bien.

Cerró los ojos un instante y, cuando los abrió, descubrió que había vuelto a hacerlo. Había pasado a su lado y estaba en medio de su despacho. ¿Cómo lo hacía?

–Es vicepresidente de marketing de una compañía internacional de cosméticos –dijo mostrándose satisfecho–. Planifica campañas en media docena de países por todo el mundo. Siempre está viajando. Lleva dos teléfonos, uno de ellos rojo para urgencias –añadió sonriendo, como si fuera algo bueno.

–¿De verdad? Suena perfecta para ti.

–¿A ti también te lo parece? Yo pensé lo mismo. Le dije a Amelie que estaba harto, que, si no encontraba una candidata mejor, que había terminado. Entonces me presentó a Caroline.

Caroline. Incluso su nombre era perfecto.

–Y –continuó Alex con entusiasmo– tiene otros encantos: es guapa, brillante, divertida, elocuente y culta.

Daisy cerró la puerta, pero se quedó junto a ella, a la espera de que llegara el repartidor de la comida tailandesa. Se sentía aliviada de que Charlie estuviera pasando el fin de semana con Cal.

–¿Ya le has pedido que se case contigo?

–Lo estoy considerando.

–¿Tras un par de citas?

–Tres –la corrigió Alex, mientras se movía por la habitación–. Bueno, dos y media. El teléfono rojo sonó anoche y tuvo que irse en mitad de la cena. Ahora mismo está de camino a San Francisco.

–Estás de broma.

Tenía que estarlo. Pero al ver que no lo reconocía inmediatamente, Daisy sacudió la cabeza.

–Estás loco.

–¿Loco? ¿Por qué?

–No puedes tomar una decisión así en solo unas semanas.

–¿Por qué no? Es lo que quiero.

–Pero ¿eres tú lo que ella quiere?

Daisy no sabía por qué lo estaba preguntando. No sabía por qué estaba discutiendo con él.

–Eso es asunto de ella.

–Tuyo también. Si os casáis sin conoceros bien, sin meditar las cosas...

–¿Me podría pasar lo mismo que a ti?

–¿Cómo?

–¿Es por eso por lo que tu matrimonio no funcionó?

–No, claro que no. Pero no estamos hablando de mi matrimonio –dijo Daisy, rodeándose con sus brazos, como si estuviera protegiéndose.

–Entonces, ¿por qué no funcionó?

–Esto no tiene nada que ver conmigo.

–Estoy intentando aprender de tu error –dijo arqueando las cejas.

–No creo que tú y yo cometamos los mismos errores.

Alex se encogió de hombros.

–¿Cómo voy a saberlo si no me lo cuentas?

–No voy a contártelo, Alex. Mi matrimonio no es asunto tuyo –dijo abriendo la puerta–. Creo que deberías irte.

Pero Alex no se fue. Por el contrario, se dio la vuelta y se sentó en una de las butacas, cruzando los brazos detrás de su cabeza.

–Todavía no. Quiero saber por qué no debería haber preguntado.

Daisy deseó estrangularlo. La manera más rápida de deshacerse de él era contestando sus preguntas y eso fue lo que hizo.

–Porque no querrás divorciarte, ¿no? –dijo retándole–. Aunque tal vez te da igual porque no la quieres.

–No quiero divorciarme.

–Entonces, tómate tu tiempo. Asegúrate de que queréis lo mismo, que... Pero ¿por qué te estoy diciendo esto? No lo entiendes.

–¿No queríais lo mismo, Daisy?

Ella apretó los labios y no contestó.

–¿Volverías a casarte?

–Lo dudo –dijo dándose la vuelta y encogiéndose de hombros–. Quizá algún día. Depende.

–¿De qué?

–De si estoy enamorada o no –respondió Daisy y al ver su expresión, añadió–: Sí, aún creo en el amor. Quiero estar segura, Alex, ahora más que nunca.

Al cabo de unos segundos, Alex se levantó.

–Entonces te deseo suerte.

–Y yo a ti –dijo Daisy.

Él le dirigió una mirada burlona.

–Lo digo en serio –añadió y a punto estuvo de tomarlo del brazo–. Te mereces una vida maravillosa. Espero que Caroline sea la mujer perfecta para ti. Espero que te dé lo que buscas.

Se había detenido y estaba muy cerca de ella. Fijó la mirada en su pecho, en el subir y bajar de su respiración. Podía alargar la mano y tocarlo. Sabía que debería apartarse. Pero no lo hizo. Se quedó quieta y se encontró con su mirada.

–A pesar de lo que piensas, el matrimonio es más de lo que esperas. Tómate tu tiempo, conoce bien a esa mujer con la que estás pensando en casarte. Asegúrate de que es lo que ambos queréis.

Alex se quedó mirándola como si no pudiera creer las palabras que salían de la boca de Daisy.

Ella tampoco se lo podía creer. No era asunto suyo, pero no podía callarse.

–A pesar de lo que esperas del matrimonio –concluyó–, puede sorprenderte. Deberías tomártelo en serio.

Alex entrecerró los ojos y Daisy pensó que iba a decirle que no se metiera en sus asuntos.

–Lo tendré en cuenta.

Daisy tragó saliva.

–Que te sonría la vida, Alex.

Por unos segundos no contestó y Daisy no supo interpretar su expresión.

–Así será. ¿Quieres que te invite a la boda?

¡No!

–Si estás seguro de que es la mujer perfecta, estaré encantada de ir.

Alex apretó los labios, asintió y, sin decir nada, salió pasando junto a ella.

Daisy cerró la puerta y se apoyó en ella. Le temblaban las rodillas. Solo después de que dejara de escuchar sus pasos pudo respirar.

«Olvídalo».

Cada vez que ella o su hermana se alteraban por algo que no podían evitar, su padre les decía que lo olvidaran. Las escuchaba durante una media hora y luego les decía: «¿Puedes hacer algo para evitarlo?». Cuando contestaban que no, les sonreía y les decía que lo olvidaran.

Ahora había llegado el momento de olvidar.

Todavía seguía pensando en Alex. ¿Cómo evitarlo? Había estado enamorada de él en una ocasión. Era el padre de su hijo, aunque no lo supiera. Deseaba que las cosas fueran diferentes, pero no lo eran.

No podía evitar preguntarse si ya se habría declarado, así que se obligaba a pensar en otra cosa. Ni siquiera estaba pensando en él el domingo anterior al Día de Acción de Gracias cuando Cal entró en la cocina.

–¿Qué pasó con Alex?

Su ex había ido a recoger a Charlie para montar en bicicleta por el parque. Cuando regresaron, Daisy lo había invitado a tomar algo. Después, había ayudado a Charlie a hacer una estación de bomberos con unos bloques de construcción. En aquel momento, Charlie había subido para darse un baño mientras Daisy metía los platos en el lavavajillas.

Se sobresaltó al oír su nombre y luego se encogió de hombros.

–Ni idea. Hace tiempo que no lo veo. Creo que piensa que ha encontrado a su mujer perfecta.

Cal se quedó mirándola.

–Lo siento.

–Yo no –dijo Daisy, dejando el tenedor–. Nunca fue el hombre que pensaba. Sigue sin serlo.

–La vida apesta –dijo Cal mostrando una sonrisa forzada.

–Tiene algunos buenos ratos –comentó Daisy, señalando con la cabeza hacia arriba, en donde se oía a Charlie trajinar.

–Tienes razón –dijo Cal sonriendo y dirigiéndose hacia la puerta–. Me voy. Gracias por dejar que le llevara al parque.

–Cuando quieras –dijo ella y le dio un beso en la mejilla al llegar a la puerta.

–Recogeré a Charlie el jueves por la mañana. Le dije a mis padres que llegaríamos a mediodía.

Daisy asintió y forzó una sonrisa mientras se le hacía un nudo en la garganta.

–Lo pasará muy bien.

Cal iba a llevar a Charlie a casa de sus padres a pasar el Día de Acción de Gracias y no volverían hasta el domingo por la mañana. La idea de estar sola cuatro días la horrorizaba. Pero era bueno para Charlie y para Cal y su familia.

–Mis padres están ansiosos –dijo y añadió mirándola fijamente–: Puedes venir si quieres.

Daisy sacudió la cabeza.

–Gracias, pero ya sabes que no puedo.

Si accedía, los padres de Cal podían pensar que había esperanza de que se reconciliaran. Se habían llevado un gran disgusto cuando Cal y ella se habían divorciado.

–Tienes razón. No, no la tienes. Es solo que... Lo siento, especialmente este año.

Daisy se encogió de hombros.

–No te preocupes, estaré bien. Iré a casa de Finn e Izzy. Será un caos y no creo que os eche de menos. ¿Qué tienes planeado?

–Ir a pescar si el tiempo sigue así. Si no, cortaremos madera para prepararnos para el invierno.

–Lo pasaréis bien.

–Charlie disfrutará. Papá y él cambian cuando están juntos –dijo Cal sacudiendo la cabeza–. Son como dos críos.

–Pensé que serían tres –dijo Daisy ladeando la cabeza y sonriendo.

–Bueno, sí –dijo rascándose la nuca–. Será mejor que me vaya.

Se fue y Daisy cerró la puerta. Luego volvió al salón frotándose los brazos. ¿Pasaría Alex el Día de Acción de Gracias con aquella mujer o estaría trabajando en otro continente?

¿Qué más le daba?, se preguntó Daisy molesta.

A veces seguir avanzando era como caminar con los cordones de los zapatos atados entre ellos.

De repente sintió frío, mucho frío.

Capítulo 6

LA CASA de Finn e Izzy fue un caos el Día de Acción de Gracias. Allí estaban Rip y Crash, los hijos de Finn e Izzy, sus sobrinas Tansy y Pansy, y una docena de amigos.

Daisy llegó pronto y se quedó hasta tarde. El viernes lo pasó trabajando en las fotos y más de una vez se sintió tentada en abrir el archivo de Alex. Pero consiguió resistirse.

El sábado le resultó más difícil. La casa estaba bastante limpia. La colaba estaba hecha, la aspiradora pasada y no había polvo en los muebles. Se planteó limpiar el horno, pero le pareció demasiado. En vez de eso, se fue a pasear con el perro y acabó haciendo algunas compras para Navidad.

Se sintió feliz cuando Cal y Charlie regresaron el domingo por la tarde. Charlie tenía un montón de historias sobre sus paseos por el bosque.

–No, no dejé que partiera la leña –dijo Cal antes de que le preguntara.

–También hemos pescado –le dijo Charlie, saltando de un pie a otro–. Hemos hecho fotos. ¡Mira!

Daisy vio las fotos que Cal había hecho de Charlie y el pez. Una de ellas le sorprendió, al ver lo mucho que se parecía a Alex. Nunca había reparado en aquel asombroso parecido. En aquella foto sonriéndole a su abuelo, vio el perfil de Alex y contuvo la respiración.

—¿Qué ocurre? —preguntó Cal.

—Nada —contestó, tratando de disimular su sorpresa—. Estaba viendo el tamaño del pez.

—Era enorme —dijo Charlie orgulloso mientras estiraba los brazos.

—Bueno, no tanto —dijo Cal.

Para Charlie era el mayor pez del mundo y se lo había pasado en grande. Después de que Cal se marchara, siguió hablando sin parar durante la cena y el baño.

Daisy sonrió. Su hijo se lo había pasado muy bien. Se alegraba de que hubiera ido y de que Cal y sus padres hubieran disfrutado de él.

Pero sobre todo se alegraba de que hubiera vuelto a casa.

«Puedo hacerlo. Estaré bien», se dijo esa noche al meterse en la cama.

Cal y ella se las arreglaban bien para estar con el niño, que era muy feliz. La vida le sonreía. Apartó a Alex y a su mujer perfecta de la cabeza. O al menos lo intentó.

—¿Cuánto queda para Navidad? —preguntó Charlie.

Desde que volviera de casa de los padres de Cal cuatro días atrás, no había dejado de preguntarlo.

—Mucho —contestó Daisy, arropándole en la cama.

Le había contestado lo mismo todas las veces, puesto que un niño de casi cinco años no tenía noción del tiempo.

—¿Y para mi cumpleaños?

—Menos.

A pesar de que se había puesto al día durante el fin de semana de Acción de Gracias, cuatro días después sentía que su lista de cosas por hacer se incrementaba por minutos. Muchas personas querían fotos familiares para Navidad y Daisy no quería desilusionar a nadie.

También le habían salido otros trabajos, encargos de clientes con los que ya había trabajado antes. Una llamada de teléfono le había sorprendido el día después de Acción de Gracias.

–Soy Lauren Nicols –le había dicho la mujer al contestar–. Usted hizo las fotos para mi artículo sobre Alexandros Antonides.

–Ah, sí, claro. Espero que le hayan gustado –dijo Daisy, notando que el corazón se le aceleraba.

–Más que eso. Me han encantado. Alex me dijo que era buena, pero es mejor de lo que esperaba. El revelado en blanco y negro me sorprendió, pero resultó perfecto. Ha sabido transmitir su personalidad.

–Eso espero, al menos es lo que intenté –contestó Daisy con sinceridad.

–Lo consiguió –le aseguró la otra mujer–. Quería saber si podría hacer otras fotografías.

–¿De Alex? –preguntó Daisy, sorprendida.

–No, el artículo de Alex está en producción. Pero suelo preparar artículos de otras personalidades, unos tres o cuatro al mes. ¿Podría colaborar conmigo al menos en un par de ellos?

–Yo...

Daisy se detuvo antes de negarse. ¿Por qué hacerlo? Le había gustado la sesión fotográfica con Alex.

–Sí, me gustaría –concluyó.

Así que también tenía dos sesiones de fotos con Lauren antes de Navidad.

–Duérmete –le dijo a Charlie–. Ya verás qué pronto llega.

–¿Cuánto de pronto?

Daisy se inclinó y le dio un beso.

–Ten paciencia. Buenas noches, Charlie.

Charlie hizo una mueca, pero enseguida cerró los ojos y Daisy apagó la luz antes de cerrar la puerta. Bajó a su despacho con la idea de trabajar al menos hasta medianoche.

Lo primero que tenía pendiente eran las fotos de boda que había hecho el día anterior. Las bodas los miércoles por la tarde no eran habituales, pero aquella había sido una celebración íntima a la que había asistido gustosa como invitada y como fotógrafa. Las fotos eran su regalo de boda a una pareja que se había formado gracias a ella.

Al ver a Rafaela Cruz, una empleada de una clínica veterinaria, y a Gino Martinelli, un policía que vivía en el mismo edificio que Finn Martinelli, ante el altar, Daisy se sintió orgullosa de haberlos ayudado a encontrarse.

Cuando Rafaela se enteró de que Daisy era casamentera, además de fotógrafa, se había sorprendido.

–No creo en esas cosas.

–Algunas personas no creen –había replicado Daisy.

Pero Rafaela había seguido haciéndole preguntas porque, en su opinión, no quedaban hombres interesantes disponibles.

Daisy había dedicado tiempo a hablar con ella, intentando descubrir cómo era. Al final había accedido a intentarlo, a pesar de sus dudas.

Lo suyo con Gino no había sido amor a primera vista.

Gino, que era el entrenador de fútbol de Rip Mac-Cauley, había salido escaldado de una relación anterior. Daisy lo había elegido para demostrarle a Rafaela que todavía quedaban hombres interesantes.

–Ve a verle entrenar –le había sugerido Daisy.

–No busco un entrenador. Busco un marido.

–Buscas un hombre paciente, trabajador y al que le gusten los niños.

–Sí, pero...

–Quizá Gino sea ese hombre. ¿Te atreves a intentarlo?

Le había planteado un desafío, al igual que había hecho con Gino.

–Es muy guapa –le había dicho Gino–. Seguro que busca a alguien atractivo.

–¿Y tú no lo eres?

–De acuerdo.

Poco a poco, ambos habían ido superando sus dudas y se habían dado una oportunidad. Durante el verano se habían enamorado y ahora se habían casado.

El regalo de Daisy era un álbum con las fotos que había hecho durante su noviazgo y en la boda. Tenía que terminarlo. Tomó la invitación de boda y la puso en el escáner.

Daisy recordó el momento en que la había sacado del buzón, justo antes del Día de Acción de Gracias. Se había quedado mirando el sobre, con un nudo en el estómago al creer que sería de Alex. Había sentido un gran alivio al abrirlo y descubrir los nombres de Rafaela y Gino en el interior.

Claro que, por lógica, aunque Alex se hubiera dado prisa en pedirle a su mujer perfecta que se casara con él, no habrían mandado las invitaciones de inmediato. Pero la lógica poco tenía que ver con todo lo referente a Alex.

Respiró hondo y apretó el botón de escaneo. Sonó el teléfono y, distraída, lo descolgó.

–Aquí Daisy Connolly.

–Daisy, tengo que pedirte un favor.

–Alex –dijo reconociendo la voz al instante, ¿qué quieres?

–Una cita.

–Ya te he dicho que no voy a búscate pareja.

–No quiero que me consigas una cita. Te quiero a ti.

Sabía que no lo decía en el sentido que parecía, pero tampoco estaba segura de a qué se refería.

–¿De qué estás hablando?

–Necesito una cita para el sábado por la noche.

–¿Necesitas una cita?

–Hay una cena y baile para recaudar fondos en el Plaza. ¿Recuerdas que te conté que había diseñado un ala nueva para un hospital? Bueno, pues estoy en la lista de invitados y van a darme una placa, así que tengo que ir. Y quiero ir con compañía.

–¿Qué ha pasado con Caroline?

–Caroline ha tenido que irse a Hong Kong esta tarde y no volverá hasta dentro de una semana. No puedo presentarme solo. Esperan que vaya con alguien. Ya sabes, la mesa presidencial y todas esas cosas.

–¿La mesa presidencial?

–Así que necesito una sustituta.

Daisy fijó la mirada en la invitación de boda que tenía en la pantalla.

–Pídele a tu casamentera que te busque una.

–No puedo.

–Claro que puedes.

–No, no puedo. Gracias a ti.

–¿Yo? ¿Por qué yo? –preguntó sorprendida.

–Porque tú fuiste la que me dijo que me lo tomara con calma. Me dijiste que esperara a pedirle que se casara conmigo, que la conociera bien y me asegurara de que era la mujer adecuada. Y eso es lo que estoy haciendo. No es fácil porque la mitad del tiempo estamos de viaje. Pero estamos intentando vernos más.

—Como debería ser —afirmó Daisy, sin lograr superar su sorpresa.

—Así que no puedo pedirle a Amalie que me consiga una cita, ¿no? —dijo Alex—. Si saliera con otra mujer ahora, ¿qué pensaría Caroline?

—¿Has pensado todo eso tú solo?

—Veo que entiendes el problema. Tienes que ser tú.

Daisy se echó hacia atrás en el respaldo de su asiento.

—¿Por qué Caroline no se molestará conmigo?

—Sabe que necesito una cita. Le dije que te lo iba a pedir a ti. Se alegrará de que haya encontrado a una vieja amiga con la que ir.

—¿Vieja amiga?

—Sabes lo que quiero decir. Así que te recogeré el sábado poco antes de las ocho. Hay que ir de etiqueta. ¿Dónde vives?

—¿Cómo? No, espera, no he dicho que sí.

—¿Así que no sigues tus propios consejos?

Daisy abrió la boca para protestar, pero no fue capaz de encontrar palabras convincentes.

—No puedo.

—¿Por qué no?

«Porque no tengo canguro».

—Yo... No tengo ropa adecuada.

—Cómpratela. Será mi regalo.

—No puedo...

—¿Acaso no fuiste tú la que me dijo que me tomara tiempo para conocer a Caroline?

—Sí, pero...

Se detuvo a la espera de que la interrumpiera, pero no lo hizo. Alex esperó en silencio a que le diera una nueva excusa para no ir, pero no la tenía.

Quizá estaba protestando demasiado. Tal vez tener una cita con Alexandros Antonides era lo que necesitaba para olvidarlo de una vez por todas. No correría el riesgo de sucumbir a fantasías de cuentos de hadas. Disfrutaría de la noche y volvería a casa a medianoche con el corazón intacto.

—Está bien, lo haré.

—Estupendo. Dame tu dirección.

—Nos encontraremos en el Plaza.

—Daisy, eso es ridículo...

—Acéptalo.

—De acuerdo —dijo Alex después de unos segundos en silencio—. A las ocho menos cuarto el sábado en la escalera de la entrada del Plaza. No llegues tarde.

Estaba loca, completamente loca. ¡No podía salir con Alex! No tenía canguro y, aunque tuviera, no tenía vestido.

Al día siguiente, cuando Izzy y los niños fueron a verla después de visitar al dentista, seguía confusa.

—¿Qué te pasa? —preguntó Izzy al ver que Daisy no paraba de dar vueltas por la cocina.

Los niños se habían ido fuera a jugar con Charlie.

—No me pasa nada.

—¿De verdad? —preguntó Izzy, incrédula—. No dejas de dar vueltas.

Daisy paró y puso a calentar la tetera.

—Mañana por la noche voy a salir. Iré al Plaza.

—¿Tienes una cita? —preguntó Izzy sorprendida—. ¡Por fin!

—¡No es una cita! —dijo Daisy rápidamente—. Es un asunto de trabajo.

No sabía muy bien cómo explicarlo.

–¿Con quién?

–Con un primo de Lukas. Es un viejo amigo. Lo conocí hace años. Está interesado en casarse y quiso que le buscara novia. Le dije que no. Ahora va en serio con una mujer, pero ella no puede ir porque está de viaje, así que me ha pedido que vaya en su lugar.

A Daisy le sonó bastante creíble, pero no pareció convencer a Izzy.

–¿Por qué no quisiste buscarle pareja? Pensé que te gustaba emparejar a la gente.

–Sí, pero... No me parecía que lo conociera lo suficiente.

Daisy se dio la vuelta y empezó a colocar los tenedores.

–¿Qué aspecto tiene? Supongo que será tan moreno y guapo como el resto de los Antonides.

–Supongo que sí –contestó encogiéndose de hombros.

–Espero que no esté tan loco como Lukas.

–No, no se parece a Lukas. Es muy... racional.

–¿Por eso te estás mordiendo las uñas?

–Me estoy mordiendo las uñas porque no encuentro canguro.

–No te preocupes. Puedo quedarme con él.

–¿En serio? ¿Estás segura?

–Completamente. Eso si no te importa que se quede en mi casa. Puede pasar la noche con nosotros –añadió Izzy tomando la tetera y sirviendo el agua hirviendo–. Así no tendrás que darte prisa.

Daisy se sonrojó y sacudió la cabeza.

–Volveré a casa antes de la medianoche. No es una cita. Pero a Charlie le gustará ir a tu casa, si no te importa.

–Siempre se porta muy bien –dijo–. ¿Qué vas a ponerte?

–Ese es otro problema –admitió Daisy.

A pesar de que Alex le había ofrecido comprarle algo, no quería sentirse en deuda con él.

–Puede que tenga algo que te sirva –dijo mirando a Daisy de arriba abajo–. Ichiro Sorrento.

–¿Qué?

–Es un nuevo diseñador cuya colección fotografió Finn el año pasado. Es italojaponés. ¿Te acuerdas de él?

–No puedo permitirme pagar nada de esa marca.

–No tienes que hacerlo. ¿Te acuerdas del vestido y la chaqueta que llevé a la presentación de Finn en primavera?

–¿Aquel vestido? –dijo Daisy abriendo los ojos como platos–. Será mejor que no me lo prestes. Estoy segura de que te lo mancharé con algo.

El vestido era de seda azul oscura, sencillo y elegante, con una chaqueta bordada en colores azul, verde esmeralda y violeta.

–Ya lo manché yo, pero no se nota.

–Soy más alta que tú.

–Todo el mundo es más alto que yo, ¿y qué? Enseñarás más pierna y no creo que a nadie le importe, especialmente a ese Antonides.

–No es una cita –repitió Daisy una vez más–. No pretendo ir a lucir piernas.

–Claro que no, pero tampoco eres una monja. Necesitas impresionar a ese Antonides, hacerle olvidar a esa novia y que huya a Las Vegas contigo.

–¡En tus sueños!

–Soñar no hace mal a nadie –dijo Izzy.

Daisy lo dejó estar, a pesar de que no estaba de acuerdo.

¿Dónde demonios se había metido?

El sábado por la noche, docenas de limusinas y coches se detenían ante la entrada del Plaza mientras Alex esperaba junto a la escalera. Estaban cayendo copos de nieve y se estaba mojando, pero no quería esperar dentro.

Había quedado con ella a las ocho menos cuarto y ya pasaban diez minutos de las ocho. Había llegado pronto para asegurarse de estar allí cuando ella llegara, pero no la veía por ninguna parte. No debería haber dejado que fuera por su cuenta. Había accedido porque, si no, no habría ido. La dulce y maleable Daisy que había conocido cinco años atrás parecía haber cambiado.

¿Se estaba vengando? ¿Se estaba tomando la revancha por haberle dicho que no estaba interesado en el matrimonio?

No debería haberle pedido que le acompañara. Había sido una idea estúpida. Le había sorprendido Caroline cuando, después de decirle que no podría acompañarlo, le había sugerido que fuera con Daisy.

–¿Mi amiga Daisy? –le había preguntado asombrado.

–Supongo que es tu amiga. No paras de hablar de ella.

No había podido negar su amistad. ¿Cómo si no iba a justificar hablar de ella si no era una amiga? ¿Qué pensaría Caroline si le dijese que no era una amiga sino una espina que no había logrado arrancarse?

Así que le había dicho a Caroline que se lo pediría. ¿Y por qué no? De esa manera podría demostrarle a Daisy que la había escuchado, que no se había dado prisa en pedirle a Caroline que se casara con él. Había hecho lo que Daisy le había sugerido y tenía que decírselo.

No estaba enamorado de ella. Eso no iba a pasar. Lo sabía él y lo sabía Caroline. Se habían visto todo lo que sus agendas les habían permitido. Ambos buscaban el mismo tipo de relación y siempre lo pasaban bien juntos. Todavía no se habían acostado porque no había surgido el momento adecuado, no porque no pudiera sacarse a Daisy de la cabeza.

—¡Alex!

Una voz desde el vestíbulo lo sacó de sus pensamientos. Se giró y vio a Tom Holcomb, el subdirector del hospital encargado de la ampliación.

Tom se acercó sonriente con la mano extendida para saludarlo.

—Me alegro de verte. Es una noche importante para ti —dijo estrechando su mano antes de mirar a su alrededor—. ¿Dónde está tu acompañante?

Alex abrió la boca para contestar justo en el momento en el que una mano lo tomaba por detrás.

—Lo siento —dijo Daisy.

Alex se giró y, al verla sonriente, sintió que el corazón se le salía del pecho. Sus mejillas estaba sonrosadas, como si hubiera estado corriendo.

—Ya era hora —dijo, sintiéndose aliviado.

Estaba muy guapa. Llevaba un largo abrigo negro de lana que no dejaba ver el vestido que llevaba debajo. Se había recogido el pelo en un moño que le recordaba al que llevaba en la boda en la que se habían conocido.

—He pillado mucho tráfico en el taxi. ¿Pensabas que te había dado plantón?

—No —contestó.

–Supongo que es tu acompañante.

Alex se dio cuenta de que Tom Holcomb seguía a su lado, mirando con interés a Daisy.

–Es Daisy Connolly. Daisy, Tom Holcomb. Es el subdirector encargado de la ampliación del hospital. Con él he trabajado para diseñar el hospital.

–Encantado de conocerla –dijo Tom–. ¿También es arquitecta?

–No, fotógrafa –contestó Daisy, estrechando su mano–. Hace poco he hecho una sesión de fotos de Alex en el edificio que ha reformado en Brooklyn.

–Es un hombre con mucho talento –dijo Tom.

Luego tomó a Daisy del brazo y se dirigió con ella hacia el interior del hotel, haciéndole preguntas sobre su trabajo. Sonriendo, Daisy giró la cabeza y miró a Alex.

Alex se quedó mirando, sorprendido y un poco embobado. Sonrió. No le importó seguirlos. Así tendría la oportunidad de verla por atrás.

Desde cualquier ángulo se la veía elegante, sofisticada y estilosa. Nunca sería la belleza clásica que era Caroline. La nariz de Daisy estaba salpicada de pecas y sus mejillas no eran pronunciadas. Su boca no era tan definida y su pelo solía estar revuelto. Pero todo en ella estaba vivo, desde su pelo alborotado a sus brillantes y vivaces ojos, pasando por sus labios.

Alex intentó no pensar en sus labios. No iba a besárselos esa noche. Ni siquiera debía desearlo. Estaba a punto de comprarle el anillo de compromiso a Caroline.

Pero los besos de Caroline nunca lo habían embriagado. Nunca habían despertado su deseo en cuestión de segundos. Con Daisy había perdido el sentido común durante aquel fin de semana. Básicamente era todo lo contrario a Caroline, que tenía todo lo que buscaba.

–¿Vienes?

Alex volvió a la realidad. Tom había entrado en el hotel y Daisy lo estaba esperando en lo alto de la escalera, ante la puerta giratoria.

–Lo siento, me he distraído –dijo subiendo a toda prisa la escalera–. Así que has tenido que correr.

–Ya te lo he dicho. El taxi se quedó en mitad del tráfico. Me bajé en Columbus Circle.

–¿Has venido caminando desde Columbus Circle? –preguntó sorprendido al ver sus zapatos de tacón.

–No, corriendo.

Definitivamente, era completamente opuesta a Caroline. Alex sacudió la cabeza, sin poder evitar sonreír.

–Por supuesto.

–Me dijiste que no llegara tarde.

–Cierto, gracias.

Sus ojos se encontraron y, como siempre que eso ocurría, Alex sintió una sacudida eléctrica. Apartó la mirada, pero solo hasta sus labios. Daisy se los chupó.

Al ver aquello, Alex sintió que su cuerpo se ponía en alerta.

–No es ocasión de llegar tarde, sobre todo si estás en la mesa presidencial.

Alex le hizo un gesto para que pasara por la puerta giratoria.

–Entonces, entremos.

Todo le había salido bien.

Izzy se había quedado con Charlie, el vestido le quedaba como un guante y el sofisticado abrigo negro que su madre le había regalado por su cumpleaños era perfecto. A excepción de haber tenido que correr un kilómetro por culpa del tráfico y de que se le estaban escapando mechones de pelo del moño, todo había salido bien.

Nada más ver a Alex con su atuendo formal, esperándola impaciente, había sentido la boca seca y el corazón desbocado. Pero Daisy se había convencido de que había sido por la carrera y no por él.

Una vez en el hotel, del brazo del hombre más guapo del salón, se había sentido como Cenicienta.

Había estado antes en el Plaza, pero nunca en un evento social. Aquel era un gran acontecimiento. A pesar de lo grande que era el salón, resultaba cálido y elegante con sus paredes doradas, su telas granates, sus brillantes candelabros y sus lámparas de cristal.

—¿Qué quieres que te traiga de beber? ¿Una copa de vino, un combinado?

—Una copa de vino tinto —contestó Daisy.

Nada más conocerse, habían tomado un borgoña. Si iba a repetir el final de aquel encuentro, empezaría de la misma manera en que habían empezado aquella noche. Pero esta vez no se dejaría engañar con cuentos de hadas de final feliz.

—Borgoña —dijo Alex, sorprendiéndola.

¿Se acordaba? No estaba dispuesta a preguntar.

—Enseguida vuelvo —dijo él dirigiéndose a la barra.

Al volver con las copas en la mano, vio que Daisy estaba cerca de la pared en donde la había dejado. Llamaba la atención desde el otro lado del salón. El vestido que había adivinado bajo el abrigo cumplía sus expectativas. Los destellos azules y verdes moldeaban cada una de sus curvas. Pero no era solo el vestido lo que llamaba la atención en aquella mujer, sino también su energía.

La había dejado sola, pero en aquel momento estaba hablando con el director del hospital Douglas Standish y su esposa. Se la veía animada e interesada. La primera vez que la había visto también estaba así. Solo había tenido ojos para ella, al igual que en aquel momento en el que se abría paso entre la gente, buscándola.

—Aquí estás —dijo dándole la bebida a Daisy antes de dirigirse a la esposa de Standish—. ¿Quiere algo de beber?

—No, gracias, querido, ya se ocupa Douglas. Tan solo quería conocer a tu encantadora amiga y decirle lo guapa que está —dijo y antes de que Alex abriera la boca, continuó—: Y felicitarte por el maravilloso regalo que nos has hecho diseñando el ala del hospital.

—Muchas gracias.

—Disfruta de la noche, te lo mereces. Encantada de conocerte, querida —le dijo a Daisy antes de tomar del brazo a su marido y mezclarse con los asistentes.

—Así que eres el invitado de honor —dijo Daisy una vez se marcharon—. Podías habérmelo dicho, ¿no?

—No es para tanto —dijo Alex encogiéndose de hombros.

—Claro que lo es. Al parecer el ala del hospital que has diseñado está a la vanguardia de la atención a pacientes. Está teniendo reconocimiento a nivel mundial y van a darte un premio.

—Ya te lo conté en la sesión de fotos.

—Sí, me contaste lo del premio, pero no me dijiste por qué. ¡Es maravilloso! —exclamó Daisy—. ¿Se lo has contado a Caroline?

—No.

—¿Por qué no?

—No tiene nada que ver con ella.

–¡Por supuesto que sí!

–¿Por qué?

Ella no había participado. Ni siquiera la conocía cuando lo hizo.

–Porque es tu trabajo y eres su pareja.

No quería hablar de eso con Daisy. Por suerte, la gente estaba empezando a tomar asiento en las mesas.

–Vamos, tenemos que sentarnos.

La tomó del brazo, la llevó hasta la mesa y la ayudó a sentarse.

–Estaría encantada –dijo Daisy continuando con el tema–. Y orgullosa. Yo estoy orgullosa y no tiene nada que ver conmigo.

Alex sintió una gran satisfacción al oírle decir aquello, pero no se lo dijo.

No habría aceptado el encargo de no haber sido por algo que Daisy le había contado cinco años atrás. En un primer momento había dicho que no. No le gustaban los hospitales. Después de que le fuera diagnosticado leucemia a su hermano, Alex había pasado mucho tiempo en ellos, viéndolo sufrir. Eso le había dejado asolado. La época más dolorosa de su vida seguía asociada a hospitales, por lo que no había vuelto a entrar en ninguno ni le gustaba hablar de ellos. Tampoco había hablado de Vass con nadie, salvo aquel fin de semana con Daisy.

Suponía que lo había hecho porque ella acababa de perder a su padre. De apenas cincuenta años, había nacido con un defecto coronario que con el tiempo se había complicado y le había obligado a ser ingresado en el hospital con cierta frecuencia. Su tristeza le había dado pie a confesarle que él también odiaba los hospitales.

–Te quitan la vida –había dicho Alex, recordando lo mucho que Vass había deseado irse a casa.

–No estoy de acuerdo. Sin los cuidados que allí le dieron, mi padre habría muerto antes. El problema era que se sentía aislado.

Vass había dicho lo mismo.

–Solo había una ventana –había añadido Daisy–. Pero ni siquiera podía mirar por ella desde la cama. Así que cerrábamos los ojos y fingíamos estar en casa o pescando o incluso haciendo recados, cortando leña... No fue culpa del hospital, pero las instalaciones podían haber sido más cómodas.

Sus palabras habían hecho pensar a Alex. ¿Y si Vass hubiera podido hacer, al menos virtualmente, las cosas que tanto deseaba hacer como ir a la playa, conducir un coche de carreras o montar en globo en los Alpes? A partir de ahí, Alex no había dejado de tener ideas. Lo que había sido imposible treinta años atrás, ahora estaba al alcance.

El ala del hospital de Alex estaba llena de grandes ventanas. La idea era introducir el exterior en el interior. Si un paciente quería ver más allá de las paredes, podía hacerlo. Pero no solo se había preocupado por el aspecto visual, también por los sonidos e incluso por los aromas. Quería que los sentidos viajaran fuera de los confines del hospital.

También había previsto un mundo virtual. Los pacientes de aquel ala podían soñar cerrando los ojos como el padre de Daisy o usando aparatos electrónicos para recrear paisajes, sonidos y olores de mares, de bosques, de coches de carreras o de castillos de hadas.

Así que nada más sentarse para cenar, le describió su proyecto, consciente de que lo miraba como si pudiese tocar la luna.

–Parece un lugar maravilloso –dijo Daisy sonriendo.

Ninguno de los dos había probado bocado.

–Si no te queda más remedio que estar en un hospital, supongo que sí.

Sus miradas se encontraron. Alex se sorprendió ante el repentino cambio de expresión de Daisy, que se volvió sombría.

–Estoy segura de que a los niños les encantará.

De repente Daisy parecía ausente. Miró la ensalada y empezó a comer.

Ninguno de los dos dijo nada más hasta que les trajeron el plato principal.

–¿En qué estás trabajando ahora?

Continuaron la conversación de manera cortés y distante, y Alex le habló del edificio de oficinas que estaba diseñando en París.

Daisy nunca había estado en París. Escuchándolo, sus ojos comenzaron a brillar de nuevo. Empezó a hacerle preguntas y su entusiasmo se hizo contagioso. Alex quería hacerla sonreír, así que empezó a contarle historias de la ciudad, de los sitios que había descubierto, de los museos que había visitado y de los edificios que le gustaban.

–¿Viviste allí, verdad?

Era la primera vez que Daisy hacía referencia al pasado.

–Sí. Después vine aquí a pasar una temporada, pero volví a París hace cuatro o cinco años.

Sabía exactamente cuándo había ido y por qué. Después de aquel fin de semana con Daisy, Nueva York se había llenado de recuerdos, así que se había marchado a París.

Hacía solo seis meses que había vuelto a vivir en Nueva York, después de decidir casarse, pero seguía teniendo un pequeño apartamento en París.

Siguieron hablando de la Riviera y de otros lugares en los que él había estado. Daisy no dejó de hacer preguntas. Su interés y su entusiasmo lo atraían. Le habría gustado enseñarle París, pasear por los bulevares con ella, sentarse en una terraza a tomar un café, recorrer los museos y las galerías de la mano, besarla junto al Sena, llevarla a su apartamento y hacerle el amor... Podía imaginársela allí, bajándole la cremallera del vestido. Empezaría a besarla por...

–¿Y qué?

Daisy lo estaba mirando con curiosidad e impaciencia.

–¿Qué pasó? ¿Por qué has dejado de hablar? ¿Te has distraído?

El corazón de Alex seguía latiendo desenfrenado. Su cuerpo aún mantenía los efectos de lo que había estado pensando. Se agitó en su silla y carraspeó.

–Sí, lo siento –dijo.

Se sintió aliviado cuando la cena acabó. Pero los discursos empezaron y Alex supo que iba a tener que decir algo cuando le dieran el premio. Hablar en público no era su fuerte. Prefería expresarse con su trabajo, con sus edificios, pero no con palabras.

Cuando llegó el momento, Daisy aplaudió sonriente, animándolo a que se acercara al estrado a recoger el premio que iba a entregarle Douglas Standish.

Alex fue breve. Subió al estrado y dio las gracias al consejo del hospital por haberle dado la oportunidad de diseñar el ala, y al comité por haberle otorgado el premio. Era lo que llevaba preparado y todo lo que iba a decir.

Antes de bajar, paseó la vista por los cientos de personas que había en el salón y vio a Daisy. Se le secó la boca al ver su expresión ilusionada y su sonrisa seductora y no pudo moverse. La miró y le habló.

–Espero que este ala suponga una diferencia para los pacientes, que sea para ellos el refugio que les ayude a sanar y –continuó con la mirada fija en ella– les mantenga al tanto de lo que ocurre en el mundo exterior.

«Como tu padre, como mi hermano. Eres la única que sabe por qué lo he hecho».

Podía ver en sus ojos que se había dado cuenta. Además, se había quedado boquiabierta. Alex desvió la mirada y concluyó:

–Muchas gracias a todos.

Volvió a su silla y se sentó.

El corazón se le salía del pecho. Evitó mirar a Daisy. Sentía sus ojos en él. Mantuvo la vista fija en el escenario, donde Douglas volvía a tomar la palabra para darle las gracias a Alex, al personal del hospital y a los patrocinadores. Entonces se abrieron las puertas que daban al salón de baile y la orquesta empezó a tocar.

La gente empezó a levantarse y a dirigirse a la pista de baile. Alex volvió a respirar.

–Bailemos –dijo poniéndose de pie.

Capítulo 7

ALEX la tomó de la mano y se encaminaron hacia la pista de baile. Daisy sintió una corriente eléctrica al entrelazar sus dedos, que no fue nada en comparación con la sensación que la embargó cuando la tomó entre sus brazos.

A punto estuvo de tropezar con él al intentar apartarse y mantener una distancia respetable.

Cada roce era inolvidable. La sujetaba con firmeza, con la mano al final de la espalda. Estaba lo suficientemente cerca como para oler su jabón y ver lo bien afeitado que estaba.

Giró la cabeza bruscamente, mientras seguía el compás, y a punto estuvo de pisarle un pie. Él la sujetó, atrayéndola.

Había bailado con muchos hombres. Había sentido las manos de otros en su cuerpo, pero ninguno, ni siquiera Cal, le había provocado aquellas sensaciones tan intensas. Incluso sabiendo que Alex y ella no tenían futuro, Daisy no podía negar que sus caricias, sonrisas y miradas despertaban en ella algo que ningún otro hombre había conseguido. Ahora entendía por qué había sucumbido cinco años atrás. Aquella sensación no la había sentido con nadie más y eso la asustaba, sabiendo lo mal que había salido.

Se obligó a mantenerse lúcida. Apartó la vista de

su mejilla para estudiar la sala, decidida a aprendérsela de memoria. Se concentró en la música, tratando de recordar el título y el compositor, y de distinguir los instrumentos. Pero no pudo dejar de prestar atención al hombre que la tenía entre sus brazos.

¿Qué problema había en sentir aquellos fuertes músculos? ¿Por qué no rendirse por un momento al ritmo de la música? Mientras no pensara en el ritmo al hacer el amor con él...

Giró la cabeza a la vez que él y rozó su mejilla con los labios. Sintió un escalofrío desde la cabeza a la punta de los pies. Su cuerpo tembló. Sus rodillas se debilitaron. En su interior, la tensión del deseo que se negaba a admitir.

–Háblame de Caroline.

A pesar de que no lo estaba mirando directamente, adivinó que estaba sonriendo.

–Caroline es increíble –dijo él–. Es rápida, ingeniosa y guapa.

Su voz sonó cálida y animada. Era normal. Caroline era la mujer que había elegido y decidió seguir haciéndole preguntas sobre ella. Quizá fuera masoquista, pero era la única manera de mantener la cordura. Daisy se obligó a escuchar mientras le contaba la campaña publicitaria que había obligado a Caroline a viajar hasta Hong Kong.

–Le va muy bien. Incluso se está planteando montar su propia empresa en un par de años.

Era evidente que admiraba su ambición y su talento. Daisy se obligó a pensar en eso y no en cómo sus piernas rozaban las de ella.

–Entonces, ¿a qué estás esperando si es tan maravillosa? –preguntó mirándolo.

Una pequeña arruga se formó entre sus cejas. Sintió que se ponía tenso bajo su mano y sus ojos verdes la miraron.

–Pensé que estabas en contra de tomar decisiones rápidas –comentó Alex.

–Sí, bueno, pero yo no soy tú.

Alex gruñó y no dijo nada más.

Daisy reprimió su rabia y trató de convencerse de que no importaba, pero no pudo. Sería mucho más sencillo si él estuviera comprometido.

Al ver que dejaba de hablar de Caroline, Daisy le contó que había hecho unas fotos a un neumólogo por encargo de Lauren Nicols.

–Tengo que darte las gracias por presentarme a Lauren –dijo.

No quería deberle nada y lo cierto era que Lauren la había llamado por su trabajo. Alex parecía agradecer el cambio de conversación. Entonces paró la música y Douglas Standish le pidió a Daisy que bailara con él el siguiente baile.

Bailó con media docena de hombres, lo que le sirvió para reafirmar que ningún otro la perturbaba tanto como Alex. No podía dejar de fijarse en él, en dónde estaba o con quién bailaba. De hecho, cada vez que ella bailaba con otros, Alex se mantenía cerca. Trató de ignorarlo para no envidiar a las mujeres que pasaban por sus brazos. Aunque no quería fijarse en cómo las sujetaba, no pudo evitar hacerlo.

No significaba nada, no podía significar nada.

Tampoco Alex podía reprimir la satisfacción que sentía cada vez que posaba su mirada en ella. No quería jugar con fuego y eso era precisamente lo que sentía cada vez que sus ojos se encontraban.

La velada transcurrió rápidamente. Bailaron y charlaron con gente con la que Alex había trabajado, volvieron a bailar... Esta última vez las llamas fueron aún más intensas.

Sus ojos parecían atravesarla cada vez que lo miraba. Sus piernas se rozaban y sus cuerpos se tocaban. Junto a sus pechos, Daisy podía sentir los latidos de su corazón. Cada vez que hablaban con alguien, lo hacían con naturalidad, pero cuando bailaban, apenas intercambiaban palabra y la temperatura seguía subiendo.

A las once y media, Daisy decidió que había llegado la hora de marcharse. Sabía que tenía que ser prudente. A pesar de que no se transformaría en calabaza al llegar la medianoche y de que Izzy iba a cuidar de Charlie hasta el día siguiente, no quería tentar la suerte.

Pero un baile más no le haría daño, pensó cuando la música volvió a sonar. Sin mediar palabra, Alex volvió a rodearla con sus brazos. Era la primera vez que bailaban dos canciones seguidas. En breve, le daría las gracias por una noche agradable y se iría. Pero durante unos minutos más, Daisy se concedió el placer de estar junto a él y disfrutar de la cercanía y la calidez de su cuerpo. Esta vez no se haría ilusiones.

Le tembló el cuerpo. Sentía una vibración a la altura de las caderas.

Daisy dio un traspié al caer en la cuenta de que aquella vibración no tenía que ver con la cercanía de Alex, sino con el diminuto teléfono móvil que había guardado en el bolsillo del vestido.

–No lo necesitarás –le había dicho Izzy.

Pero Daisy había insistido. La mayoría de los deslumbrantes vestidos de firma eran tan estrechos que apenas permitían llevar ropa interior. Pero el vestido que Izzy le había prestado se ensanchaba a la altura de las caderas y Daisy se había guardado el teléfono en uno de los bolsillos.

–Por si acaso.

–Como quieras, pero no pienso llamarte –le había prometido Izzy.

Alex la sujetó al tropezar.

–¿Qué pasa?

–Es mi teléfono.

–¿Tu teléfono? ¿Con quién necesitas hablar a esta hora?

–Lo siento, tengo que contestar –dijo soltándose de sus brazos.

Se fue a un lado de la pista y Alex la siguió.

–¿Qué pasa? ¿Uno de tus clientes tiene una cita y necesita consejo?

Daisy miró la pantalla y vio que era Izzy, así que contestó de inmediato.

–¿Es Charlie? ¿Va todo bien? ¿Ha pasado algo?

–Está bien –dijo Izzy–. Bueno, no del todo, pero no hay por qué asustarse.

–¿Qué ha pasado?

–Estaba jugando con Rip a subirse a la litera y a saltar desde allí a una silla. Pero no ha calculado bien y se ha roto el brazo. Oh, Daisy, lo siento, me siento fatal.

–¿Dónde está? ¿En el hospital St. Luke?

–Sí, Finn se lo lleva para allá. Nos conocen en urgencias.

–Me encontraré con ellos allí –dijo Daisy, dirigiéndose hacia la salida más cercana para recoger su abrigo y buscar un taxi.

–Lo siento mucho –repitió Izzy–. Rip está desolado.

–Dile que no se preocupe, todo saldrá bien.

–Me siento responsable. O como dice Finn, irresponsable.

–No es culpa tuya.

–Claro que sí. Se me olvidó que Charlie es pequeño. Llámame en cuanto llegues y lo veas.

–De acuerdo.

Daisy se guardó el teléfono en el bolsillo y se dirigió al guardarropa.

–¿Qué pasa?

Se había olvidado de Alex.

Daisy lo miró y esbozó una sonrisa de disculpa.

–Es una emergencia. Una amiga... –dijo y sacudió una mano en el aire al sortear un grupo de personas–. Lo siento, tengo que irme.

–Ya me lo había imaginado. No es un cliente, ¿verdad?

–No.

–¿Tu ex?

–¿Qué?

–Supongo que no. ¿Un novio nuevo? –dijo Alex y al ver que no contestaba, añadió–: ¿Le has contado que ibas a salir conmigo?

No era el momento de contestar a todo lo que le estaba preguntando.

–Tengo que irme, Alex –repitió y se obligó a mirarlo a la cara–. Gracias por esta velada. Lo he pasado muy bien.

–Yo también –dijo él y sonrió.

Luego se puso a su lado para darle el resguardo a la encargada del guardarropa.

–Gracias, no hace falta que esperes. Tomaré un taxi.

Alex no dijo nada, pero tampoco se fue. Unos momentos más tarde, la mujer le trajo el abrigo y Alex le ayudó a ponérselo.

–Gracias –dijo Daisy sonriendo–. Siento tener que irme con tanta prisa. Ha sido una noche maravillosa.

–Voy contigo.

–¡No! Quiero decir que te lo agradezco, pero no hace falta. De verdad, Alex. Gracias por todo, buenas noches.

Se quedaron en silencio y, sin saber qué hacer, Daisy extendió su mano.

Él la miró como si fuera una serpiente envenenada y Daisy la retiró.

–Buenas noches, Alex –dijo y sin esperar a que contestara, salió del hotel y fue a buscar un taxi.

Debería dejar que se marchara y que saliera de su vida. Estaba claro que era lo que ella quería. Fuera lo que fuese que estaba pasando para dejarlo todo y salir corriendo, no era asunto suyo y Alex lo sabía. También se daba cuenta de que no quería que la acompañara.

Pero no podía dejar que se fuera a enfrentarse con lo que había pasado y que tan pálida y asustada la había dejado.

¿Y si era un novio? Una vez que estuviera seguro de que se quedaba tranquila, la dejaría sola. La sola idea de que tuviera novio le fastidiaba.

El taxi que tomó al salir del Plaza giró a la derecha y enfiló hacia el oeste. Era sábado por la noche y había mucho tráfico, por lo que apenas avanzaba. De los teatros salían cientos de personas en aquellos momentos.

Debería haberla seguido hasta la puerta, pero había sido más rápida que él y Standish lo había llamado justo en aquel instante. No había podido fingir que no lo había escuchado y no podía ser descortés dándole una excusa poco convincente. ¿Qué podía decirle? ¿Que su cita había tenido que correr al hospital porque su exmarido, su novio o alguien llamado Charlie la necesitaba?

¿Acaso aquella mujer no tenía orgullo?

Se quedó mirando los coches de su alrededor, deseando que se movieran. Al menos Standish le había dicho dónde estaba el hospital St. Luke. No estaba cerca de la oficina de Daisy, por lo que quizá estuviera próximo a donde vivía.

Ni siquiera sabía dónde vivía. Era otra de las cosas que tampoco le había contado y algo en lo que estuvo pensando hasta que el taxi lo dejó en la puerta de urgencias del hospital.

De repente Alex sintió los pies pegados al pavimento. No le gustaban los hospitales. Salvo el hospital para el que había diseñado aquel ala, no había vuelto a visitar ninguno por motivos médicos desde el día en que Vass muriera. Solo el recuerdo del rostro asustado de Daisy lo hizo respirar hondo y entrar. Había gente por todas partes: de pie, sentada, llorando, sangrando, rellenando formularios... Pero por ninguna parte veía a Daisy.

Alex se detuvo nada más entrar. No sabía por quién preguntar. Ni siquiera sabía el apellido del tal Charlie.

Estaba cerca del mostrador cuando oyó la voz de Daisy. Giró la cabeza y sus latidos se aceleraron al ver su rostro pálido. Daisy estaba junto a la puerta de una de las consultas, hablando con un médico. Su expresión era seria y asentía a lo que estaba escuchando. El médico le dio unas palmaditas en el brazo y volvió a la consulta. Daisy hizo amago de seguirlo.

—¡Daisy!

Se giró bruscamente y se acercó presurosa hacia él.

—¿Qué estás haciendo aquí?

—Por fin te encuentro.

–No hace falta que te quedes.

–No tienes buen aspecto.

–Muchas gracias.

Alex se acercó y ella dio unos pasos atrás hasta que se quedó acorralada entre una silla y la pared.

–He venido por si puedo ayudar, Daisy –dijo sujetándola por el brazo para que no se escapara.

–No necesito tu ayuda, ya te lo he dicho. Todo se arreglará.

–Te refieres a Charlie –dijo Alex, esperando a ver su reacción al decir aquel nombre.

–Se ha roto un brazo.

–¿Un brazo? –repitió Alex, aliviado a la vez que molesto–. ¿Toda esta histeria por un brazo roto?

–¡No estoy histérica! –exclamó Daisy indignada.

Sus mejillas parecían haber recuperado el color.

No pudo evitar sonreír.

–¿Ah, no? ¿No te parece exagerado salir corriendo del hotel en mitad de un baile por un brazo roto?

–Lo siento –dijo Daisy–. No hacía falta que vinieras, no te lo he pedido.

–Pensé que se estaría muriendo. Te quedaste desolada y no quería que estuvieras sola.

Daisy se quedó pensativa unos instantes, como si le estuviera dando el beneficio de la duda.

–Es muy amable de tu parte, gracias, pero no era necesario –dijo sonriente y le hizo soltarla–. Se pondrá bien. Quizá haya exagerado. No te preocupes, nadie se está muriendo. Y ahora, por favor, discúlpame.

Pero Alex no estaba de humor para dejarla marchar y se interpuso en su camino.

–¿Quién es él, Daisy?

No contestó. Justo en aquel momento, una enfermera asomó la cabeza desde la consulta.

–Señora Connolly, Charlie quiere que vaya con él. El médico le va a poner la escayola.

Una vez más, Daisy hizo amago de irse, pero Alex la tomó del brazo.

–¿Para qué? ¿Para que le tomes de la mano?

–Tal vez. Es un niño –dijo enfadada–. Es mi hijo.

¿Su hijo? ¿Daisy tenía un hijo?

Antes de que pudiera asimilar sus palabras, Daisy se soltó y se fue a la consulta, cerrando la puerta de un portazo. Una docena de personas se dio la vuelta para mirar qué estaba pasando.

Alex se sentía como si acabara de recibir un puñetazo. ¿De dónde demonios había salido aquel hijo? Suponía que de la manera tradicional con su ex. Pero ¿por qué no lo había mencionado antes?

No era asunto suyo, pero aun así...

Se sentó en una silla junto a la ventana a esperar. A Daisy no le agradaría verlo allí, se lo había dejado muy claro.

¿De veras quería conocer al hijo de Daisy?

Le molestaba que le hubiera declarado su amor, para luego darse media vuelta y casarse con otro. Siendo sincero, Alex tenía que reconocer que había sentido satisfacción al enterarse de que su matrimonio no había durado. Ahora, le resultaba desconcertante saber que tenía un hijo.

Alex trató de imaginarse un niño parecido a Daisy. ¿Tendría su sonrisa, los hoyuelos de las mejillas, las pecas de la nariz y el mismo color de pelo o se parecería a su exmarido? ¿Estaría su ex en la consulta con ellos? Alex se agitó en su asiento, incómodo.

Quizá, cuando los tres salieran de la habitación, lo encontraran allí. ¿No resultaría una situación muy extraña? En el fondo esperaba que su ex estuviera allí.

Así podría conocer al hombre que se había casado con ella.

Volvió a agitarse en la silla y, cuando levantó la cabeza, vio que salía de la consulta con un niño en brazos. Tenía el pelo de un color rubio oscuro y llevaba un brazo escayolado. Había imaginado que tendría dos o tres años, pero aquel niño parecía mayor. Alex se echó hacia delante para verlo mejor, pero no pudo porque había mucha gente en medio.

Daisy estaba hablando con la enfermera junto a la puerta de la consulta. El niño también la escuchaba. De pronto el pequeño giró la cabeza y miró hacia la sala de espera.

Alex contuvo el aliento y se le paró el corazón.

El mentón de Charlie era más cuadrado que el de Daisy, su labio inferior más grueso, su nariz más recta y sus mejillas más altas. Los ojos eran verdes. No se parecía a Daisy. Alex había conocido a otro niño con aquellos ojos, aquel mentón y aquel color de pelo: su hermano Vassilios.

Capítulo 8

POR UN momento, Alex se limitó a mirar. No podía pensar ni moverse. Enseguida entendió lo que aquello implicaba. Fue como un puñetazo en mitad del estómago.

Se levantó y se quedó a medio camino de Daisy y la puerta, sin quitarle los ojos de encima al niño. El pequeño era exactamente igual a Vass. Alex sintió que el pecho se le encogía. Se le hizo un nudo en la garganta y no pudo tragar. Apenas pudo mantener la calma cuando Daisy terminó de hablar con la enfermera y, al girarse, lo vio. Se quedó clavada donde estaba.

Sus ojos se encontraron y Daisy palideció. Sus labios temblaron. Sus brazos estrecharon al pequeño mientras miraba a su alrededor.

«Mala suerte, Daisy. La salida está en esta dirección», pensó Alex.

Ella pareció darse cuenta y, unos segundos más tarde, se irguió, levantó la mejilla y avanzó hacia él.

—Ya te dije que no hacía falta que esperaras.

Alex tragó saliva, buscando las palabras adecuadas. Pero lo único que encontró fue dolor. Aquel niño era hijo suyo, pensó mientras apretaba los puños. Quería acariciar al pequeño, tomarlo en brazos y no separarse de él.

—¿Estás bien? —le preguntó Daisy al ver que no decía nada.

Daisy no tenía ni idea de que Charlie era un clon de Vass.

—Sí.

—Ha sido muy amable de tu parte preocuparte, pero no era necesario.

Alex se limitó a mirarla. Por un momento ninguno de los dos habló ni se movió.

—Mami.

Daisy estrechó al niño contra ella.

—Este es Charlie. Charlie, él es el señor Antonides.

Deseaba decir que era su padre, pero no podía.

—Me he roto el brazo –le dijo el niño.

—Ya lo veo –repuso Alex.

—Necesito llevarlo a casa. Gracias, siento que la noche haya terminado de esta manera.

«Yo no», pensó.

Se quedó mirando al niño antes de volver a mirarla a ella. Ahora lo entendía todo: su distanciamiento, su frialdad, su determinación a rechazarlo...

Pero no iba a seguir estando al margen, no iba a dejar que le apartara de la vida de ese niño otra vez.

—Venga, vamos a buscarte un taxi.

Se hizo a un lado para dejar que Daisy saliera por la puerta. Era tarde, más allá de la medianoche, y seguía nevando. Charlie no podía meter el brazo en su abrigo y Daisy intentaba cerrárselo por los hombros.

—Deja que te ayude –dijo Alex y, al rozar al pequeño para ajustarle el abrigo, sus manos temblaron.

—Gracias –dijo Daisy y le sonrió.

Fuera del hospital no había taxis, así que tuvo que buscar uno en la calle. Para cuando volvió, temió que Daisy se hubiera marchado. Pero o la cordura había prevalecido o estaba demasiado afectada por los acontecimientos como para desaparecer.

Alex le abrió la puerta del taxi.

—Después de ti. Deja que cargue con él —dijo extendiendo sus brazos.

—Puedo ocuparme yo —dijo Daisy.

Trató de meterse con el niño en brazos, pero a punto estuvo de perder el equilibrio.

En el instante en que Alex sintió al pequeño entre sus brazos, algo en él cambió. Un fuerte instinto de protección lo asaltó.

—Ya puedo con él —dijo Daisy extendiendo sus brazos hacia él.

Con cuidado, Alex dejó a Charlie en el asiento junto a ella. Luego, sin darle opción a que se negara, se metió en el coche y cerró la puerta.

Se quedaron en silencio y el taxi no se movió.

—Tendrás que decirle a dónde vamos. Yo no lo sé —dijo Alex.

Daisy dudó unos segundos antes de decirle al taxista la dirección. Era la misma que la de su oficina.

Cuando el coche arrancó, Alex la miró entornando los ojos. Daisy mantuvo la mirada fija al frente. Charlie iba entre ellos. Podía sentir el codo del niño junto a su brazo. Lo miró de soslayo y sintió un nudo en la garganta por todas las emociones que estaba sintiendo.

Luego volvió a mirar a la mujer que no se había molestando en contarle que tenía un hijo y todo su cuerpo se tensó de ira.

Como si sintiera que algo no iba bien, el pequeño se agitó y se aferró al brazo de su madre. ¿Estaría asustado? Era evidente que se daba cuenta de que algo no encajaba. Alex recordó que los niños eran capaces de eso.

Durante años se había fijado en el lenguaje corporal de sus padres. Había percibido lo preocupados que habían estado por Vass incluso cuando le decían que todo saldría bien. Se había dado cuenta de su sufrimiento por la enfermedad de su hermano. Sin necesidad de palabras, había sentido su dolor.

No podía culparlos. Su hermano había sido su ídolo, su héroe. Sabía tan bien como ellos que Vass era la mejor persona del mundo. Instintivamente sentía lo mismo que ellos: si tenían que perder alguno de sus hijos, no debía ser Vass. Taciturno, temperamental, inquieto... Alex debería haber sido el que debería haber muerto.

Por supuesto que nadie lo había dicho, pero los niños se daban cuenta de esas cosas. Podían percibir sensaciones a través de los silencios, tal y como en aquel momento estaba haciendo Charlie.

Alex se relajó y dejó de mirar a Daisy. A la vez, se apartó un poco para poder mirar mejor a Charlie.

—No me llames señor Antonides, sino Alex.

El niño lo miró y asintió. Alex sentía los ojos de Daisy sobre él.

—Yo también me rompí el brazo una vez. Tenía diez años.

—¿Te caíste desde una litera?

Alex sacudió la cabeza.

—Estaba escalando. Una roca se desprendió y me caí —dijo sonriendo—. ¿Tú te rompiste el tuyo saltando desde una litera?

—Estaba intentando llegar a la cómoda de la misma manera que Rip.

—¿Quién es Rip?

—Es uno de los hijos de Finn y de Izzy MacCauley

—dijo Daisy—. Rip es el héroe de Charlie. Le imita en todo, incluso a moverse por la casa sin tocar el suelo.

—Yo también hacía eso —dijo Alex.

—¿De verdad? —preguntó Charlie abriendo los ojos como platos.

—¿Es algo que hacéis los chicos?

—Es un reto y a los chicos nos gustan los retos. ¿Cuántos años tiene Rip?

—Casi doce —contestó Daisy.

Ya no había tráfico, por lo que en cuestión de minutos llegarían.

—Eso lo explica todo. Tienes que esperar a crecer —le dijo Alex al pequeño.

—Mamá dice que no puedo volver a hacerlo.

—No quiero que se haga daño.

—No se lo hará —dijo Alex y sonrió a Charlie—. Pareces un chico muy fuerte.

—Lo soy. Eso dice mi padre.

—¿Tu padre? —dijo Alex y miró a Daisy—. ¿Su padre?

—Sí, su padre, mi exmarido Cal.

Alex tensó la mandíbula al oír aquella mentira y se quedó observando a Daisy fijamente.

Ella le mantuvo la mirada y así permanecieron hasta que el taxi se detuvo ante su casa.

—Aquí nos bajamos —dijo Daisy, sacando dinero del bolsillo de su abrigo.

—Pago yo.

Daisy abrió la boca para protestar, pero se limitó a encogerse de hombros.

—Gracias.

Alex pagó al taxista, antes de abrir la puerta y salir. Luego tomó a Charlie en brazos.

Daisy salió y pareció quedarse desconcertada al ver al niño en brazos de Alex.

–Te sigo.

Alex no se sorprendió al verla sacar una llave del bolsillo. En vez de subir los escalones de entrada, atravesó una cancela de hierro forjado y bajó la escalera que daba a una puerta. Tras abrirla, se giró para tomar a su hijo en brazos.

Sin soltar a Charlie, Alex pasó junto a ella y entró al pequeño vestíbulo. Allí había chaquetas, patines y la bicicleta más pequeña que jamás había visto.

–¿Es tuya? –le preguntó a Charlie–. ¿Sabes montar?

El niño asintió.

–Me alegro. Yo también tuve una bicicleta cuando tenía tu edad.

Alex sonrió. Siempre le habían gustado las bicicletas, al contrario que Vass.

–Tenemos que ir a montar en bicicleta.

–Tiene un brazo roto –intervino Daisy.

–Ahora no –dijo Alex girándose para mirarla–. Ya habrá tiempo.

–¿Tienes bicicleta?

–Sí, una bicicleta de carreras.

Charlie parecía fascinado y Daisy consternada. Luego se quitó el abrigo rápidamente, lo colgó de una de las perchas del vestíbulo y se acercó a él extendiendo los brazos.

–Dámelo. Tiene que meterse en la cama.

Alex quiso negarse. No quería dejar a su hijo. Su enfado con Daisy no era culpa de Charlie. Todo su cuerpo se puso rígido al dejar al niño en brazos de su madre.

–Eres un chico muy valiente –dijo acariciando la cabeza del pequeño–. A ver si pronto vamos a montar juntos en bicicleta, ¿de acuerdo?

El niño asintió y sonrió.

–Buenas noches, Alex dijo Daisy y añadió–: Gracias por todo.

«¿Por todo? ¿Por darte un hijo?».

–¿Quién es? –preguntó Charlie mientras Daisy subía la escalera con él en brazos.

–Alguien conocido. Un amigo.

Pero se distrajo al hablar, recordando la mirada que le había dirigido al verla en urgencias con Charlie.

Alex no lo sabía, se dijo. No podía saberlo. Era tan solo la existencia de Charlie lo que le había sorprendido, el hecho de que tuviera un hijo. Y su frialdad se debía a que estaba enfadado porque no se lo hubiera contado antes.

Al llegar a la habitación de Charlie, encendió la luz y lo dejó en la cama.

–Me duele el brazo.

–Lo sé, lo siento –dijo inclinándose para besarlo en la cabeza–. Supongo que no volverás a saltar desde una litera, ¿verdad?

–No hasta que sea más grande –contestó.

–Quizá deberías esperar a tener nueve o diez años –dijo Daisy dándole el pijama.

–Quizá.

Charlie tomó el pijama e intentó quitarse la chaqueta que llevaba por los hombros.

–Esta noche te ayudaré, pero vas a tener que aprender a hacerlo solo.

Le quitó la chaqueta y luego tiró de la camisa para sacársela por el brazo bueno y la cabeza.

–A lo mejor Alex puede enseñarme.

–¿Qué? –dijo echándose hacia atrás para mirarlo a los ojos–. ¿Por qué iba a hacerlo?

–Porque se rompió un brazo. Él sabrá cómo hacerlo.

–Bueno, estoy segura de que aprenderás a hacerlo sin al ayuda de Alex –dijo terminando de ponerle el pijama–. Ve a lavarte la cara y cepíllate los dientes.

–Pero estoy cansado. ¿Tengo que hacerlo?

–Sí, incluso los niños que se caen de literas tienen que mantener el decoro.

–No me caí –protestó Charlie–. Salté. ¿Y qué es «decoro»?

–«Decoro» es comportarse como un chico mayor y educado.

–Ah.

Charlie se bajó de la cama y se fue al baño, mientras Daisy recogía la ropa.

–Hola –le oyó decir.

–Hola.

La inesperada voz de Alex la sobresaltó y salió disparada hacia la puerta. A punto estuvo de toparse con él.

–No te has ido.

–No –dijo apoyándose en el quicio de la puerta.

Luego miró a Charlie y Daisy se sintió inquieta.

No dijo nada más, pero, aun callado y quieto, su presencia parecía dominarlo todo. La situación se le hacía insoportable. No quería tenerlo allí.

Pero no quería echarlo y provocar que Charlie le preguntara qué estaba pasando. Ya tenía que estar extrañado. Ningún otro hombre había subido nunca arriba.

Alex estaba allí, en medio del pasillo, con su pelo moreno revuelto como si acabara de pasarse las manos por él. Parecía fuera de lugar con su atuendo formal, a pesar de que se había quitado la corbata y se había desabrochado los dos primeros botones de su camisa.

Estaba tan guapo como lo había estado cinco años atrás, cuando lo había llevado a su apartamento después de aquella boda.

–He venido a darle las buenas noches a Charlie.

A pesar de su tono amable, Daisy sabía reconocer una amenaza.

–Da las buenas noches, Charlie.

Charlie miró a Alex.

–¿Puedes enseñarme a ponerme y quitarme la camisa con la escayola?

–Claro –respondió Alex.

–No, no puede –intervino Daisy–. Es la una de la madrugada. Tienes que acostarte.

–Te enseñaré mañana.

–Pero... –empezó Charlie.

–Tu madre tiene razón. Tienes que dormir.

–No puedo dormir. Me duele el brazo –protestó el pequeño.

–Pero eres fuerte –le recordó Alex.

–Los dientes, Charlie –dijo Daisy–. Y lávate la cara –añadió, tomando al niño por los hombros para dirigirlo al baño.

Si Daisy esperaba que Alex captara la indirecta y se fuera, no tuvo suerte.

Charlie se lavó los dientes como pudo con la mano izquierda y luego se lavó la cara.

–Muy bien, a la cama –dijo Daisy.

El niño obedeció y, al pasar junto a Alex en el pasillo, lo miró.

–Buenas noches.

Daisy recordó la foto de Charlie con el padre de Cal en la que se había dado cuenta de lo mucho que se parecía a Alex.

¿Era así como Alex se había dado cuenta? Lo único

que sabía era que la intensa emoción que había percibido en Alex respondía a algo más que al descubrimiento de que tenía un hijo del que no le había hablado.

La cuestión no era ya si lo sabía, sino qué iba a hacer Alex ahora.

De nuevo volvió a acariciar el pelo de Charlie.

–Buenas noches. Ha sido un placer conocerte por fin, Charlie –dijo apartando la mano y mirando a Daisy.

Ella se estremeció y tragó saliva. Con la mirada le pidió que permaneciera callado. Lo que tuviera que decirle, podía esperar al día siguiente.

Siguió a Charlie a su habitación y cerró la puerta. Su prioridad era su hijo. Era tarde y el niño se había hecho daño, así que tenía que olvidarse de aquello que daba vueltas en su cabeza. Como era su rutina, lo arropó y le leyó un cuento, antes de comentar lo que había hecho durante el día. Como temía, empezó a hacerle preguntas sobre Alex.

–¿Crees que vendrá a montar en bici conmigo?

–No lo sé. Es un hombre muy ocupado.

–Ha dicho que lo haría.

–Sí y tal vez lo haga.

–Recuérdaselo –dijo y, al ver que su madre se iba, la tomó de la mano–. Quédate. Me duele el brazo. Cántame una canción.

No solía hacerlo, pero a veces cuando estaba enfermo, la cantaba canciones.

–Estás cansado.

–Ya me duermo, pero antes cántame una canción –insistió.

Daisy apagó la luz y se sentó a un lado de la cama.

Tal vez eso sirviera para tranquilizarlos a los dos, pensó mientras empezaba a cantar. El niño se acurrucó contra ella y poco a poco fue cerrando los ojos. Cuando estuvo segura de que se había dormido, le dio un beso en la cabeza.

–Te quiero –susurró, acariciándole el pelo.

Luego apagó la luz de la mesilla y salió de la habitación.

El reloj de su dormitorio marcaba las dos menos cinco. Parecía llevar días sin dormir.

Se quitó el vestido de Izzy y se miró al espejo de la cómoda. Estaba pálida y tenía ojeras.

Se sentía enferma, exhausta y asustada.

Alex lo sabía y no tardaría mucho en preguntarle acerca de Charlie, el hijo que no sabía que tenía y que nunca había querido. Un escalofrío recorrió su cuerpo.

Fuera lo que fuese que tuviera que decir, iba a decírselo a ella y no a Charlie. No quería que Charlie supiera que no había sido un niño deseado.

Con un poco de suerte, quizá Alex fingiese no saberlo. Quizá se limitara a marcharse.

Se puso el camisón y la bata y salió al pasillo de puntillas para cepillarse los dientes y lavarse la cara. Luego bajó para sacar a Murphy.

El perro meneó el rabo, contento de verla. Ella lo acarició entre las orejas antes de abrir la puerta para dejarlo salir al jardín trasero en medio de aquella nevada noche de diciembre. Mientras, fue a echar la llave de la puerta principal que seguiría abierta después de que Alex se fuera.

Pero Alex no se había ido. Estaba tumbado en el sofá, con los ojos cerrados.

Capítulo 9

POR unos segundos, Daisy contuvo la respiración y se llevó la mano al pecho.

Confiaba en que estuviera dormido, pero enseguida vio que abría los ojos y se incorporaba.

—¿Qué estás haciendo aquí?

Alex se desperezó para aliviar la tensión de la espalda. Se había quitado la chaqueta y la camisa le hacía parecer más ancho de hombros.

—Te estaba esperando.

—¡Es tarde!

—Han pasado cinco años.

—No sé a qué te refieres —dijo ella entrelazando las manos.

—Lo sabes —dijo clavándole la mirada.

—Alex...

—Ya está bien de juegos, Daisy.

—Yo no...

—Vamos a hablar —dijo con frialdad mientras se ponía de pie.

—Tengo que meter al perro —dijo Daisy apartándose.

—Hazlo, no voy a irme a ninguna parte.

Justo lo que se temía. Se apresuró a ir a la cocina y le abrió la puerta a Murphy. El temblor de sus manos nada tenía que ver con el frío de la noche.

Daisy cerró la puerta después de que el perro entrara y volvió al salón.

Alex estaba de pie junto a la chimenea, observando una foto de Daisy con Charlie y Cal de las últimas Navidades. Al oír sus pasos, la miró por última vez y volvió a dejarla en la repisa de la chimenea.

—¿Este es tu ex?

—Sí, es Cal.

—Se os ve felices.

—Estábamos felices. Era Navidad.

—¿Seguíais casados entonces?

—No.

—¿Y os hicisteis una foto juntos? —preguntó sorprendido, arqueando una ceja.

—Sí —contestó sin dar más explicaciones.

—No es el padre de Charlie.

—Sí lo es.

Estaba casada con Cal cuando Charlie nació. En el certificado de nacimiento, él constaba como padre. Era a él al que el niño consideraba su padre y a todos los efectos lo era.

—Pero no de sangre.

Daisy tragó saliva y levantó la barbilla.

—¿Por qué dices eso?

Se metió la mano en el bolsillo y de la cartera sacó una foto. Cruzó la habitación y se la enseñó. En ella aparecían dos niños sonriendo a la cámara.

Daisy se fijó en uno de ellos. Se parecía mucho a Charlie, aunque era algo mayor, de nueve o diez años. Los ojos eran como los de Charlie, de la misma forma y color. La nariz era idéntica hasta en las pecas y tenía el pelo del mismo color rubio miel que siempre había pensado que era de su familia.

Hizo tanta fuerza al sujetar la foto, que sus dedos empezaron a temblar. Se le hizo un nudo en la garganta y cerró los ojos. No podía respirar.

Alex también parecía haberse quedado sin respiración. Se había quedado inmóvil y no decía nada. ¿Estaría esperando a que ella hablara? Pero ¿qué podía decir?

Lentamente volvió a abrir los ojos y empezó a estudiar más detenidamente la foto. Los dos niños estaban en la playa, en bañador y con el mar azul de fondo. El mayor era el que se parecía a Charlie. El otro era más pequeño, de unos seis o siete años, y le faltaba un diente. Tenía el pelo alborotado y ojos claros. Daisy enseguida reconoció aquellos ojos.

–Eres tú –susurró–, con tu hermano.

Alex asintió.

–Con Vassilios.

Su hermano querido, su héroe, el niño cuya muerte había destrozado una familia, era exactamente igual que Charlie. Debía de haber sido toda una sorpresa ver a su hijo.

Fuera se oyó la sirena de un coche de bomberos. Dentro, la habitación estaba tan silenciosa que podía oírse el tictac del reloj que había sobre la repisa de la chimenea. Era la calma antes de la tormenta.

–¿Por qué demonios no me lo contaste? –preguntó furioso.

Tomó la foto y la volvió a guardar en la cartera.

–¿Por qué hacerlo? No querías un hijo. ¡Me lo dijiste! Mencioné algo sobre matrimonio y familia y lo dejaste bien claro: nada de matrimonio ni de familia. ¿Por qué tenía que decírtelo?

–Eso fue antes de que supiera que tenía un hijo. ¿Cómo iba a decir que no quería un hijo si ni siquiera sabía que iba a tenerlo?

–¡No querías tenerlo!

Alex cerró los puños, como si estuviera tratando de mantener la calma.

–¡Me ocultaste a mi hijo!

–¡Te tomé la palabra!

Alex dejó escapar un suspiro. Se pasó la mano por el pelo y empezó a pasear por la habitación. Al fondo se dio la vuelta.

–¡Maldita sea! Sabías lo que sentía por mi hermano.

Sabía que Vassilios había sido el hijo favorito, la estrella, el heredero. Sabía que todo el mundo le quería, especialmente Alex. Vassilios había sido listo, divertido, cariñoso, sociable... Se lo había contado Alex cinco años atrás.

Vass había sido tan maravilloso que Alex había deseado ser como él. Lo había querido mucho. Su muerte había cambiado la vida de Alex.

La pérdida de su hermano era la razón por la que Alex nunca había querido casarse ni tener hijos. No quería amar porque amar era sufrir.

Estaba de acuerdo con él en eso. Después de que la dejara y descubriera que esperaba un hijo suyo, había sufrido más de lo que nunca habría imaginado. Lo había amado y durante casi cinco años Charlie había sido el recuerdo de aquel amor.

Pero no se arrepentía. Ni siquiera se arrepentía de haberse casado con Cal. Al menos había habido entre ellos cariño.

Alex se había negado a intentarlo. Seguía queriendo un matrimonio a su manera y sin amor.

Así que hizo frente a su acusación y le dijo la verdad.

–Sí, lo sabía. Y también sabía que no querías tener hijos. Hice lo que tenía que hacer. Hice lo mejor para mi hijo.

–¿De veras? Tú y tu querido Cal tuvisteis un matrimonio ejemplar –dijo en tono burlón, lo que la enfureció.

—Cal es un gran padre —dijo Daisy resistiéndose a apartar la mirada.

—¿Yo no lo habría sido? —preguntó desafiante.

—No si no lo querías. Y no hables tan alto o lo despertarás —dijo e hizo una pausa antes de continuar—: ¿Por qué iba a pensar que serías un buen padre para un hijo que ni siquiera deseabas? Cal estaba allí cuando nació. Cal le quiere.

—Yo ni siquiera he tenido la oportunidad.

—No la querías. Ya habías tomado una decisión. Cuando descubrí que estaba embarazada, yo también tuve que tomar una decisión. Elegí hacer lo que era mejor para Charlie. Necesitaba cariño, unos padres, una familia... Tú no querías nada de eso. Decías que el amor causa demasiado dolor y no lo querías.

Se quedaron mirándose y Daisy se rodeó con sus brazos. Recordaba muy bien lo que Alex había dicho y, si ahora él lo negaba, estaría mintiendo.

Pero no lo negó. No dijo nada. Los segundos pasaron. Los ojos de Alex reflejaban su confusión. Empezó a dar vueltas por la habitación como un animal enjaulado. Al cabo de unos minutos se sentó en el sofá y se llevó las manos a la cara.

—¡Demonios!

Daisy conocía aquella sensación. Se había tenido que enfrentar a la confusión y a la angustia de tener que tomar una decisión al descubrir que estaba embarazada. Recordaba el vacío que había sentido cuando Alex se había negado a mantener cualquier tipo de relación. Ni siquiera había querido imaginarse qué le habría dicho si hubiera aparecido en su puerta para anunciarle que esperaba un hijo suyo. Solo de pensarlo se le había helado la sangre.

Alex se quedó sentado allí sin hablar. Tampoco se

movía, a excepción de que el pecho le subía y le bajaba por la respiración. Tenía la mirada perdida. Finalmente levantó la cabeza y la miró.

–Quiero a mi hijo.

–¿Que quieres a tu...? ¿Qué quiere decir eso? No puedes llevártelo, no tienes ningún derecho.

–No he dicho que fuera a llevármelo –dijo mirándola con frialdad–. Pero tampoco pienso marcharme.

Daisy tragó saliva, tratando de descifrar qué había querido decir Alex con que no pensaba marcharse. Lo único que tenía claro era que no pensaba dejar que hiciera daño a Charlie.

–No vas a hacerle daño. No te dejaré.

Alex se pasó la mano por el pelo.

–¿Por qué iba a querer hacerle daño?

–No he dicho que fueras a hacerlo. Pero podría pasar. Solo tiene cuatro años, Alex. Nunca lo entendería. Además, tiene un padre.

–Cal –dijo Alex tensando el mentón–. ¿Te casaste con él por Charlie?

Daisy se pasó la lengua por los labios, tratando de decidir cómo contestar, cómo ser sincera tanto para Alex como para Cal.

–¿Lo hiciste? –insistió Alex al ver que no contestaba.

Daisy se sentó en una butaca frente a él.

–Sí. Pero no fue tan sencillo como eso. No acudí al primer hombre a pedirle que se casara conmigo.

–¿Ah, no?

–No, Cal me lo pidió.

–Y saltaste de alegría.

–Tuve que pensármelo. Él insistió en que podía funcionar.

–Suena muy apasionante.

–Cal y yo éramos amigos desde hacía mucho tiempo. Me dijo que el amor no era una cuestión de pasión. Pensé que tenía razón. Además, quería a Cal.

–Pensé que me querías.

–Así era hasta que me di cuenta de que no te importaba.

Alex se puso de pie y se acercó a ella.

–Así que te olvidaste de mí y te enamoraste de él en... ¿cuánto tiempo? ¿Seis semanas?

–No fue así.

–¿Cómo fue entonces?

Daisy sabía que no quería oír la respuesta. Estaba enfadado y quería discutir.

–Siéntate y te lo contaré –dijo señalando el sofá.

La miró entornando los ojos y, al ver que seguía señalando, se dejó caer en el sofá. Daisy recogió las piernas y trató de encontrar las palabras.

–Me sentí herida cuando supe que no sentías lo mismo que yo –empezó y levantó la mano para impedir que Alex la interrumpiera–. Sé que piensas que no debería haberme sentido así, pero era joven e ingenua y nunca antes me había pasado una cosa así.

Alex apretaba los labios, pero al menos la estaba escuchando.

–Me enamoré de ti. Sé que fue un error –continuó y entrelazó las manos en su regazo. Cuando me dejaste, me sentí humillada, me sentí como una idiota. Las semanas pasaron y cada vez me sentía peor. Una mañana empecé a vomitar y entonces fue cuando me di cuenta de que estaba embarazada. Ni siquiera pensé en buscarte. Me dejaste claro que no tenías interés en ninguna clase de relación.

–Podías haber...

–No. Tenía miedo de que quisieras que abortara.

Él se quedó mirándola alarmado.

–¿Cómo pudiste pensar...?

–¿Por qué no iba a hacerlo? –dijo sintiendo que los ojos se le llenaban de lágrimas–. Recé mucho. Estaba muy asustada. No sabía cómo iba a salir adelante. Iba a seguir trabajando para Finn y, una vez naciera el bebé, pensaba volver a Colorado y quedarme con mi madre hasta que se me ocurriera algo. Y, entonces, Cal se me propuso.

–Tu salvador, el hombre dispuesto a quedarse con la chica de otro.

–No era tu chica. Él era mi amigo y sigue siéndolo.

–Pero vuestro matrimonio no duró.

–No funcionó.

–¿Por qué no?

–No es asunto tuyo.

–¿Se casó contigo y luego te dejó? No tiene sentido, nada tiene sentido.

–¡No me dejó! Ambos pensamos que podía funcionar, queríamos que así fuera. Cal es un gran hombre –dijo mirando la foto de la chimenea, antes de volver a encontrarse con la mirada de Alex–. Ha sido un buen padre.

–Pero no el verdadero padre de Charlie.

–Sabe que tiene un padre biológico. Al menos lo entiende a la manera de un niño de cuatro años. Sabe que tiene dos padres. Iba a hablarle más de ti cuando creciera.

–Ahora, yo mismo se lo explicaré.

–No hasta que sepa lo que piensas.

–Ya sabes muy bien lo que pienso. ¡Quiero a mi hijo!

Sus miradas volvieron a encontrarse.

–¿Mamá?

Daisy giró la cabeza y vio a Charlie asomado por la barandilla mientras bajaba. Alex también lo miró. ¿Se habría enterado de algo?

Daisy corrió a la escalera y lo recibió en sus brazos.

—¿Qué pasa, cariño?

—Me duele el brazo —dijo abrazándose a su madre sin dejar de mirar a Alex.

Daisy intentó bloquearle la vista con el cuerpo.

—Lo sé —dijo dándole un beso en la cabeza—. Te acompañaré arriba y te cantaré una canción, ¿de acuerdo?

Charlie asintió con la cabeza.

—¿Puede venir Alex también?

—Alex estaba a punto de irse —dijo dándose la vuelta y acompañando a Charlie abajo—. Le daremos las buenas noches y lo acompañaremos a la puerta.

Charlie asintió y miró a Alex.

Alex los miró con tanta intensidad que Daisy se estremeció.

—Buenas noches, Alex —dijo Charlie.

Daisy contuvo el aliento mientras Alex se ponía la chaqueta. Luego atravesó la habitación y se detuvo a unos centímetros de ellos. A ella no la miró. Tan solo tenía ojos para Charlie.

Acarició la mejilla de Charlie y su expresión se dulcificó. Una sonrisa asomó a sus labios.

—Buenas noches, hijo.

Capítulo 10

ERA como esperar a que ocurriera lo inevitable. Daisy casi esperaba encontrarse a Alex en la escalera cuando se levantó. Pero había echado un vistazo por las cortinas nada más levantarse para comprobar que no había nadie.

Tampoco había llamado y cada vez que sonaba el teléfono, Daisy se sobresaltaba.

Charlie, que no paraba de juguetear con los huevos revueltos que tenía en el plato, le preguntó qué le pasaba.

–No paras quieta –le dijo cuando un ruido en la calle la asustó.

–No pasa nada replicó Daisy mientras metía platos en el lavavajillas–. Izzy me dijo que iba a venir con sus hijos.

Izzy había llamado a primera hora de la mañana para preguntarle cómo estaba Charlie.

–Se pondrá bien –le había asegurado Daisy.

Lo que no sabía era cómo iba a cambiarle la vida ahora que Alex iba a formar parte de ella. Al menos, había sido amable. Se había portado muy bien con Charlie. Además, los niños eran fuertes.

Lo que le preocupaba a Daisy era su fortaleza. ¿Cómo iba a soportar que Alexandros Antonides formara parte de su vida?

No quería pensar en eso, así que cuando Izzy le

preguntó si podían ir a visitar a Charlie por la tarde, Daisy le dijo que sí sin dudarlo. Un poco de distracción le vendría bien a los dos.

A media tarde, Charlie estaba muy inquieto. Habían estado viendo una película infantil y leyendo cuentos. Había intentado que durmiera un rato, pero el niño había protestado diciendo que ya era muy mayor para siestas.

Tenía que terminar de editar unas fotos para el día siguiente, así que se bajó el ordenador mientras Charlie jugaba con sus coches.

—Quizá vuelva Alex —dijo el niño.

—No sé —dijo Daisy, sin querer darle esperanzas.

Un hombre como Alex, tan firme en su idea de no tener hijos, podía haber cambiado rápidamente de opinión al conocer a aquel niño que tanto se parecía a su querido hermano fallecido.

Tener un hijo era una gran responsabilidad y Alex debía de saberlo. Tal vez al llegar a su casa había sacado la conclusión de que había tomado la decisión correcta cinco años atrás. Fuera lo que fuese que hubiera decidido, no dejaría que interviniera en la vida de Charlie a su conveniencia.

Dejó de pensar en aquello porque por fin sonó el timbre.

—¡Ya están aquí! —gritó Charlie levantándose y corriendo hacia la puerta.

Daisy corrió el cerrojo y Charlie abrió la puerta.

—Vaya —dijo Rip MacCauley—. Te han puesto una escayola azul. ¡Qué chula!

Charlie esbozó la primera sonrisa del día.

—¿De verdad te lo parece?

—Claro que sí. A mí me pusieron una blanca.

—A mí me la pusieron morada cuando me rompí el

tobillo –dijo Crash–. Toma, esto es para ti –añadió entregándole un paquete.

–Es algo para que se entretenga. Ripp y Crash han estado muy preocupados. Se sentían responsables –dijo Izzy a Daisy mientras ellas se dirigían a la cocina y los niños se iban a jugar con los coches–. Me sorprendió que Finn volviera tan rápido anoche. ¿Por qué no dejaste que se quedara un rato para ayudarte con Charlie?

–No hacía falta. Estábamos bien.

Se sentía aliviada de que no hubiera presenciado su encuentro con Alex.

–Siento que interrumpiéramos tu noche. ¿Qué tal el Plaza? Cuéntamelo todo.

Daisy tardó unos segundos en recordar los detalles después de todo lo que había pasado.

–Bien. La cena fue maravillosa.

–¿Y el vestido?

–Fantástico.

–¿Lo dejaste impresionado? –preguntó Izzy.

–No pretendía impresionarlo. Tiene novia.

Izzy se quedó decepcionada.

–Bueno, al menos lo pasaste bien.

Daisy se esforzó en mostrarse ilusionada. No le contó a Izzy que Alex había aparecido en el hospital ni nada de lo que había pasado después. Hasta que no supiera lo que pretendía Alex, no quería hablar de ello.

Se alegraba de que Izzy hubiera ido con sus hijos ya que a Charlie se le pasó el aburrimiento y la irritabilidad. Los coches que le habían regalado habían sido un acierto. Pero más se alegró cuando se fueron porque le había resultado difícil dar la impresión de que estaba contenta cuando en realidad su mundo se estaba viniendo abajo. Dejó a Charlie jugando con sus coches en el salón y se fue a la cocina a recoger los platos y los vasos que había sacado durante la visita de los MacCauley.

De pronto sonó el timbre.

–¡Es Alex! –gritó Charlie corriendo a la puerta.

Nerviosa, Daisy se secó las manos en los vaqueros y fue a abrir. Al verlo, como de costumbre, sintió que el corazón se le salía del pecho.

Llevaba unos vaqueros y una chaqueta verde. Tenía el pelo revuelto por el viento y lleno de copos de nieve.

–Hola, Daisy.

Su voz sonó ronca, como si no hubiera dormido.

–Hola, Alex –dijo intentando relajarse.

–Hola, Alex –dijo Charlie asomando la cabeza–. Ven a ver mis nuevos coches.

–¿Coches? –repitió Alex y cruzó el umbral de la puerta.

–Charlie está mucho mejor –dijo Daisy haciéndose a un lado–. No tenías por qué venir.

–Quería venir –replicó y se giró a Charlie–. ¿Estás mejor? –preguntó–. Me alegro. Pensaba que podríamos ir al parque.

–¿Al parque? –dijo Daisy.

–Pero antes enséñame tus coches –dijo Alex, poniéndose cómodo.

Se quitó la chaqueta y se sentó en el suelo, junto a Charlie.

El niño estaba encantado de ser el centro de atención.

–Son deportivos –le dijo a Alex–. Van muy deprisa. ¿Quieres verlo?

Alex estiró las piernas y se apoyó en un codo, mirando con verdadero interés y comentando cada uno de los coches.

Daisy se quedó observando, incapaz de moverse. Verlos juntos era algo que nunca había imaginado y sintió un estremecimiento.

–Me voy arriba –dijo dándose la vuelta–. Tengo trabajo por hacer.

Había ido a ver a Charlie, no a ella.

A la media hora, el niño fue a verla.

–Alex y yo queremos ir al parque. Dice que te pregunte si quieres venir.

Molesta porque hubiera decidido lo que Charlie y él iban a hacer sin consultarla, Daisy se apresuró a bajar.

Los bloques de construcción y los coches ya estaban guardados y Alex se estaba poniendo la chaqueta.

–Bien, así que bienes.

–No lo des por sentado. Deberías haber preguntado antes.

–Charlie ha preguntado.

–Te he dicho que queríamos ir y si querías acompañarnos –dijo el pequeño, ladeando la cabeza.

–De acuerdo, iré.

Era una tortura verlo con Charlie y pretender ser una familia feliz, sabiendo que era una farsa.

–Tranquila –le dijo en voz baja al ayudarla a ponerse la chaqueta–. No voy a quitarte a mi hijo.

«Mi hijo», quiso decirle.

Pero Alex se había dado la vuelta y estaba ayudando a Charlie a ponerse el abrigo.

–Será mejor que te ayude –dijo Alex subiéndole la cremallera.

El niño le sonrió. Al ver aquel gesto de complicidad, Daisy sintió un nudo en el estómago. Se giró, llamó a Murphy y le puso la correa. Luego los cuatro salieron por la puerta en dirección al parque como si fueran una familia.

No debería haber ido. Debería haberse quedado trabajando, pero la tentación de ver a Alex y Charlie juntos era demasiado grande. También le asustaba.

Seguía habiendo mucha nieve y, una vez en el parque, se entretuvieron haciendo un muñeco y tirándose
bolas. Alex subió a Charlie a hombros para que le pusiera un sombrero al muñeco de nieve, mientras Daisy
les hacía fotos con la pequeña cámara que llevaba a
todas partes. No dejaron de reír durante todo el tiempo.

–¿Qué estás haciendo? –preguntó cuando Alex le
quitó la cámara.

–Ve a jugar con tu hijo –dijo con traviesos ojos verdes.

Algo cohibida, Daisy obedeció y enseguida se dejó
llevar por el entusiasmo de Charlie. Mientras empu-
jaba a su hijo en el columpio y lo ayudaba a hacer un
perro de nieve, Alex hizo fotos. Al final, cuando Daisy
dijo que era hora de marcharse, puso el temporizador
de la cámara e hizo una foto de los tres, sujetando a
Charlie con un brazo mientras le pasaba el otro a Daisy.

Una vez más, al sentir que la atraía hacia él, Daisy
sintió la corriente de electricidad que había entre ellos.
Fue un alivio cuando la cámara se disparó. Alex la soltó,
colocó a Charlie sobre sus hombros y volvieron a casa.

En la puerta, Alex bajó a Charlie y Daisy le sonrió
cortés.

–Gracias, Charlie lo ha pasado muy bien.

–¿De verdad? –preguntó Alex.

–Claro –repuso mientras sacaba la llave para abrir
la puerta.

–Estupendo.

Alex le quitó la llave y abrió la puerta. Dejó que
pasaran y luego los siguió al interior y cerró.

–Tengo que preparar la cena. No quiero entretenerte, seguro que tienes cosas que hacer –dijo Daisy quitándose la chaqueta.

–Podemos pedir que nos traigan algo. ¿Qué os apetece?

–Estoy haciendo un estofado. A Charlie le gusta.

–A mí también –dijo Alex sonriendo.

–¿Puede quedarse Alex, verdad? –preguntó Charlie.

No le quedaba otra opción que ser cortés. Estaba enseñando a Charlie a ser educado.

La tarde se hizo interminable. La cena, el baño, los cuentos... Y todo el tiempo bajo la mirada de Alex.

–Esta noche nada de canciones –dijo Daisy antes incluso de que Charlie lo sugiriera. Tienes que dormirte. Recuerda que mañana vas con tu clase al zoo.

Charlie la miró desde su almohada.

–¿Puede venir Alex?

–No –contestó Daisy sin dar a Alex la oportunidad de contestar.

–Pero...

–Tengo que trabajar –dijo Alex–. Hoy lo hemos pasado muy bien. Ya repetiremos.

–¿Cuándo? –preguntó Charlie.

–Depende de lo pronto que te duermas ahora –contestó Daisy.

Charlie suspiró, se acomodó en la almohada y cerró los ojos.

–Ya me he dormido –dijo el niño.

–Ya lo veo –dijo Daisy, inclinándose para darle un beso–. Buenas noches, dormilón.

–Buenas noches –murmuró Charlie sin abrir los ojos.

Daisy dio un paso atrás y vio que Alex había ocupado su lugar junto a la cama de Charlie. Le acarició la cabeza, apoyó una rodilla en el suelo y le dio un beso en la frente. El niño abrió los ojos y abrazó como pudo con la escayola a Alex.

Alex se puso rígido y Daisy contuvo el aliento.

Poco a poco se relajó y estrechó a Charlie entre sus brazos, levantándolo de la cama. Luego volvió a dejarlo sobre la almohada.

–Buenas noches.

Se quedó mirando al pequeño unos segundos antes de volverse hacia Daisy. Sus miradas se encontraron. Daisy apagó la luz y enfiló hacia la cocina.

Si Alex quería hablar, podía hacerlo mientras lavaba los platos de la cena. Pero no sabía qué más había que hablar. Abrió el grifo del fregadero, consciente de que estaba apoyado en la encimera junto a la nevera.

–Siento no haber llegado antes.

–No hacía falta que vinieras –replicó Daisy, metiendo los platos en el agua jabonosa.

–Claro que tenía que venir. Pero tenía que hablar antes con Caroline.

Entonces Daisy se giró.

–¿De que tenías un hijo? ¿Cómo se lo ha tomado después de decirle que no querías tener hijos?

Alex frunció los labios.

–Le ha sorprendido.

–No me extraña –dijo Daisy girándose de nuevo.

–Hemos roto.

Daisy se quedó mirándolo.

–¿Cómo?

–Las circunstancias han cambiado. También he hablado con Amelie para decirle que cancele nuestro acuerdo.

–¿Por qué?

–Porque ya no necesito una pareja. Evidentemente,

voy a pagarle por sus servicios. Me ha deseado lo mejor —dijo y después de suspirar, añadió—: Así que el camino está despejado.

—¿Despejado para qué? —dijo y al instante se arrepintió de haber preguntado—. No irás a pedirme que me case contigo.

Alex se quedó mirándola.

—Por supuesto que quiero casarme contigo. ¿Por qué no? Es lógico.

—Eres como Cal. ¿Qué os pasa a los hombres? ¿Por qué pensáis que podéis hacer que todo funcione a vuestro antojo? Lo que te preocupa es controlarlo todo, ¿verdad?

—Daisy, déjalo ya, no digas tonterías. Esto no tiene que ver con tu ex ni con nadie. Sé sensata. Quiero que...

—No, no lo digas, Alex. No quiero oírlo —dijo llevándose las manos a las orejas.

Alex no podía creérselo. Daisy estaba mirándolo, con mejillas encendidas y ojos brillantes. Había lanzado el estropajo al fregadero y se había llevado las manos a las orejas resistiéndose a que le hiciera una proposición de matrimonio.

Por supuesto que iba a proponerle matrimonio. Era lo correcto. Si era padre de un niño, su deber era casarse con la madre de su hijo, convertirse en su marido y... ¿vivir felices para siempre?

No podía pensar en eso. La gente no lo hacía. Bueno, algunos tal vez sí. Pero ¿cómo saberlo? ¿Cómo era posible estar seguro?

Era imposible, pero ya no podía decidir. Había tomado la decisión cinco años atrás al hacerle el amor a

Daisy. Había pasado toda la noche asumiendo lo que eso suponía y estaba preparado.

Pero ahora... Ya no tenía que hacerlo.

Como si tal cosa, Daisy lo había rechazado antes incluso de que se lo preguntara.

Debería sentirse aliviado y, de alguna manera, suponía que lo estaba. Pero a la vez, estaba muy enfadado. No le gustaba que le dijeran que se fuera, que su presencia no era necesaria.

Si esperaba que se diera media vuelta y se marchara, estaba muy equivocada. Al menos, en aquel momento se había apartado las manos de las orejas y volvía a ocuparse de las cacerolas, armando mucho ruido.

–Si no recuerdo mal, querías casarte.

–Cinco años atrás, sí –dijo mirándolo furiosa por encima de su hombro–, cuando pensaba que me querías. Pero ahora ya no.

Le sorprendió sentirse dolido por sus palabras.

–De acuerdo –dijo secamente–. No tienes que soportarme.

Daisy se giró y fingió una sonrisa.

–Bueno, gracias.

–Pero eso no significa que vayas a deshacerte de mí.

–Entonces...

–Por el amor de Dios, Daisy, es mi hijo. Ahora ya lo sé y no voy a apartarme. Quiero que forme parte de mi vida.

–¿Durante cuánto tiempo? ¿Estarás ahí cuando te necesite o desaparecerás cuando las cosas se pongan feas? Me dijiste que no querías tener que preocuparte de nadie –dijo con mirada acusadora.

–Ni siquiera me diste opción. No me dijiste que existiera.

—¡Para protegerlo!

—¿Ah, sí? ¿No sería más bien para protegerte?

—No necesito protegerme de ti. Sé cómo eres, pero Charlie no. Él te dará todo su cariño. Un hombre que ni siquiera sabe cuidarse y que piensa que el amor no vale nada... Sé muy bien lo que es conveniente para mi hijo.

—¿Y eres tú la que decide lo que es conveniente en la vida de Charlie?

—Lo conozco mejor que nadie. Lo quiero más que nadie y quiero lo mejor para él.

—Lo mejor para él sería que tuviera una familia y lo sabes.

Daisy se limitó a mirarlo fijamente. Luego se secó las manos en un paño y pasó a su lado en dirección al salón, donde abrió la puerta.

—Creo que es hora de que te vayas.

Alex la siguió hasta el salón, pero se paró y se quedó mirándola, intentando averiguar qué se le estaba pasando por la cabeza. No estaba siendo racional.

—Sabes que tengo razón, Daisy.

—Adiós, Alex —dijo, ofreciéndole la chaqueta que había dejado en el perchero.

Sin decir palabra, Alex se acercó, la tomó y se la puso.

—Está bien, me voy. Pero esto no ha terminado. Volveré. Mientras tanto, piensa no solo en Charlie, sino en lo que tú quieres también.

La tomó en sus brazos y la besó. Llevaba todo el día deseando hacerlo.

Ella puso los brazos entre ambos, empujando su pecho como si quisiera apartarlo. No importaba. Aunque le hubiera gustado que lo abrazara y que su deseo fuera tan intenso como el suyo, no lo necesitaba para demostrar que estaba en lo cierto.

Tenía los labios para convencerla, para saborearla y para provocarla. Podía acariciar con la lengua sus labios, separárselos y descubrir su dulzura. Estaba loco por ella.

No iba a permitir que fingiera que no había significado nada. Besar a Daisy siempre había provocado que su corazón se acelerara y que su cuerpo ardiera de deseo. Estaba seguro de que a ella le pasaba exactamente lo mismo.

Sentía que se estaba resistiendo, pero no a él, sino a sí misma. Sus labios temblaron mientras los apretaba para rechazarlo. De todas formas los acarició con la lengua y durante una décima de segundo se abrieron. Ella dejó escapar un gemido y se aferró a su chaqueta. Separó más los labios y Alex sintió una sacudida al unir sus lenguas.

Deseó deslizar las manos bajo su jersey y acariciar cada una de sus curvas, traspasar la cintura de sus vaqueros y perderse allí. Su respiración se aceleró. Quería devorarla. La abrazó con fuerza y la besó una vez más.

Luego se apartó tomando bocanadas de aire mientras se fijaba en su ardiente y sorprendida mirada.

—Mientras tomas una decisión, piensa en esto.

Su mano aterrizó en su mejilla tan rápido que no lo vio venir.

—¿A qué ha venido eso? —dijo cerrando los puños.

—¿Para qué el beso? —preguntó ella furiosa.

—¿Por eso me has dado una bofetada? —preguntó él entornando los ojos—. ¿Por recordarte que hubo algo bonito entre nosotros?

—No necesito recordatorios, muchas gracias. Y resulta que no hubo nada entre nosotros.

–No piensas eso.

–Sí que lo pienso y no necesito que intentes sobornarme con sexo.

–¿Sobornarte?

–Sobornarme, coaccionarme, obligarme a hacer lo que quieres porque de alguna manera me siento atraída por ti. Llámalo como quieras, no va a funcionar.

–Por el amor de Dios, Daisy –dijo pasándose la mano por el pelo–. Estaba intentando demostrarte que no todo tiene que ver con Charlie.

–Por supuesto que no. Solo te preocupas por ti. No quieres amar a Charlie ni a nadie. Te gusta apartar a todo el mundo. Por lo menos Cal lo intentó.

–¿Cal? ¿Todo esto es por Cal y vuestro matrimonio fracasado? ¿De veras te ha vuelto tan amargada?

–No soy una amargada. Dimos el paso sabiendo bien lo que hacíamos –dijo y después de unos segundos en silencio, añadió–: Cal es homosexual.

Alex se quedó mirándola fijamente.

–Es amigo mío y no tenía novio. Así que, cuando supo lo que me pasaba, intentó echarme una mano. Estaba convencido de que podía querer a quien se propusiera –dijo encogiéndose de hombros–. Cree en las mismas cosas que yo: compromiso, relaciones duraderas, responsabilidad, amor...

Alex la miró entrecerrando los ojos.

–Nunca me mintió ni yo le mentí a él –continuó Daisy–. Sabía que te quería y que tú a mí no. Me ofreció su apellido, su apoyo... todo lo que pudo. Y yo hice lo mismo por él. Pero... no fue suficiente. Intentamos que funcionara, pero no fue posible. Siempre seremos amigos. Los dos queríamos más, amor y un matrimonio de verdad.

–Te estoy ofreciendo más –señaló Alex indignado.

Daisy lo miró, respiró hondo y sacudió la cabeza.

–No, Alex, no es así. Me estás ofreciendo mucho menos.

Daisy lo empujó fuera y cerró la puerta.

Capítulo 11

D AISY se apoyó en la puerta con lágrimas en los ojos y se las secó con la mano temblorosa. Por supuesto que pensaba que estaba loca a juzgar por la mirada de incredulidad que le había lanzado.

Le estaba proponiendo matrimonio. ¿No había sido ese su deseo cinco años atrás?

Pero ya no lo era porque aquel matrimonio sería la clase de matrimonio que le había ofrecido a Caroline, una amistad con beneficios. Apoyada en la puerta, mientras oía los pasos de Alex alejándose, Daisy se llevó la mano a la cara y tocó las lágrimas.

Eran tan reales como la verdad que acababa de decirle a Alex: los matrimonios de conveniencia no funcionaban. Cal y ella lo habían intentado. La amistad y la responsabilidad eran tan solo una parte de la unión profunda y duradera del corazón, el alma, la mente y el cuerpo.

Sabía que no era fácil. Al igual que Alex, sabía que el verdadero amor podía causar dolor.

No le importaba. Habiendo amor podía soportar el dolor. Había crecido viendo el amor verdadero del matrimonio de sus padres. Recordaba sus alegrías y sus penas, y el dolor de su madre al morir su padre. Pero también recordaba ver a su madre sonreír entre lágrimas mientras decía que no se arrepentía de nada, que su amor por Jack había merecido la pena.

Daisy quería aquello. Pero sabía que había hecho lo correcto. Si casarse con Cal había sido un error, casarse con Alex sería un desastre. No podía dejar de amarlo y él no sabía lo que era el amor verdadero.

No era capaz de dibujar una línea. Había roto la mina de todos sus lápices. Sus manos temblaban tanto que no había dejado de arrugar las hojas de su cuaderno de bocetos.

Acabó tirándolo todo y levantándose para mirar por la ventana. Por primera vez, la vista espectacular de Manhattan no le sirvió para calmarse. Apoyó la frente en el frío cristal de la ventana y se frotó la mejilla.

El dolor físico de la bofetada de Daisy había desaparecido, pero el emocional había dejado huella. Sus palabras, también: «Solo te preocupas por ti. No quieres amar a Charlie ni a nadie».

Se le hizo un nudo en la garganta y se le nubló la vista. Volvió a respirar hondo y sacudió la cabeza, deseando negarlo. Pero no podía, al menos no del todo. Parte de lo que Daisy había dicho era cierto: no había querido hacerlo.

Durante años, desde la muerte de Vass y el divorcio de sus padres, Alex había hecho todo lo posible para que algo tan complicado y doloroso como el amor no fuera parte de su mundo. Tenía su negocio, sus proyectos, sus amigos y recientemente había pensado que podía formar un matrimonio a su manera en el que su mujer no quisiera algo más intenso que lo que él estaba dispuesto a ofrecer.

Quería un mundo que pudiera controlar, motivo por el que había dado la espalda a Daisy cinco años antes. Había puesto en peligro ese control. Aquel fin de semana lo había impresionado. Nunca antes había conocido a nadie tan sincero, cálido y real.

Si hubiera dejado a Daisy entrar en su vida, habría dado paso a un torbellino de emociones que no habría podido controlar, a un futuro que no habría podido predecir y a la posibilidad de volver a sufrir. Eso era lo que habría pasado si hubiera bajado la guardia.

Así que no lo había hecho. Se había alejado de su calidez, había rechazado su amor y la había apartado de su vida. Y, al hacerlo, había pensado que estaba a salvo.

Estaba equivocado y ella también. Daisy había pensado que él no era capaz de amar y Alex había creído que no podría.

Pero claro que podía. Quería a Charlie. Solo con ver al niño, con escucharlo, con tomar su mano o alborotar su pelo, sentía amor por él. Pero antes de reconocer su amor por Charlie, se había dado cuenta de que quería a Daisy.

A pesar de sus intenciones, el día en que Daisy había aparecido en su vida, había atravesado su armadura, para llegar a su corazón y dejar allí una semilla. Durante dos días le había enseñado cómo habría podido ser su vida si hubiera dejado que creciera.

Pero no lo había hecho. Aunque pensaba que su corazón había salido indemne, ahora se daba cuenta de que no.

Nada más volver a verla en otoño, habían vuelto a resurgir las mismas necesidades y emociones. Tenía la sensación de que el mundo era un lugar más acogedor.

Pero seguía sin rendirse. Aunque se había vuelto a sentir atraído, seguía intentando hacer las cosas a su manera para tener todo bajo control.

Sabía lo que ella quería: un futuro con amor, en el que tuviera cabida el dolor, la pérdida del control, la desesperación y todas aquellas cosas a las que había dicho que no. Pero no estaba seguro de que pudiera hacerlo.

Era capaz de amar. No tenía elección. Estaba ahí para lo bueno y lo malo. Sabía que no podía enfrentarse al futuro hasta que no pudiera asumir el pasado.

Se pasó la mano por la cara, se apartó de la ventana y se fue a su dormitorio.

La habitación era sencilla. Tenía una cama amplia, una cómoda de roble y un armario. Se acercó a la cómoda y abrió el último cajón. Lo único que guardaba era una caja de cartón de unos treinta centímetros cuadrados y cinco centímetros de profundidad.

Durante unos segundos se quedó mirándola. Ni siquiera estaba seguro de querer tocarla. La última vez que la había tocado había sido al marcharse a la universidad con dieciocho años. No la había abierto desde que sus padres se separaran, cuando vendieron la casa y su madre se mudó a Atenas y su padre a Corfu.

–No vuelvas la vista atrás –le había dicho su padre.

Pero Alex había guardado en aquella caja las cosas que le importaban, aquellas de las que no quería desprenderse aunque no soportara mirarlas.

Desde entonces había llevado consigo aquella caja. La había llevado a la universidad en Londres, a su primer trabajo en Bruselas y a todos los demás sitios en los que había vivido. Siempre la había guardado en un cajón en el que no tuviera que mirar cuando estuviera buscando otra cosa. Se había prometido que algún día la abriría, cuando llegara el momento adecuado. Pero con el paso del tiempo, había aprendido a olvidar el pasado para evitar que le hiciera daño. Era fácil olvidar. El momento adecuado nunca había llegado hasta ese momento.

Se sentía dolido. Las palabras de Daisy había atravesado su barrera protectora.

Sus manos temblaron al sacar la caja y se sentó con ella en la cama. Le sorprendía lo ligera que era. En su imaginación era la cosa más pesada que nunca había poseído.

Pasó los dedos por la tapa y lentamente la apartó y la dejó a un lado. Solo había un puñado de cosas dentro y, tal y como había temido, miles de recuerdos afloraron. Allí estaba la postal que Vass le había enviado desde los Alpes cuando su hermano tenía nueve años y él seis. Vass había viajado con su padre a Suiza y le había escrito que algún día escalarían juntos. No llegaron a hacerlo, pero cuando Vass volvió a casa, empezaron a escalar los acantilados de su isla natal.

–Aprended a hacer nudos y os enseñaré a navegar –les había dicho su padre.

En la caja había un trozo de cuerda y, al sacarla, recordó los días de verano que habían pasado navegando. También encontró una vasija y recordó que cuando Vass la encontró dijo querer ser arqueólogo como Indiana Jones. Luego vio unos dibujos que habían hecho mientras Vass estaba en el hospital y un coche de juguete por el que solían pelear. Era un Porsche plateado y lo apretó con la mano sintiendo el frío del metal. En una ocasión Vass le había dado un puñetazo en el estómago y él le había provocado una hemorragia nasal.

No había sido la primera vez que a Vass le había sangrado la nariz. Le había pasado varias veces aquel verano, pero esa vez habían tenido que recurrir a un médico para cortarle la hemorragia. Entonces habían empezado las preocupaciones, las visitas a médicos, los vuelos a Atenas para visitar a un especialista, las pruebas... El diagnosis: leucemia. Y todo por una hemorragia nasal que Alex le había provocado.

Ahora sabía que no era culpa suya, pero en aquel momento, con casi nueve años no lo había sabido. Nadie se había molestado en decírselo. Todos habían estado muy preocupados por Vass, incluso él.

La primera vez que Vass había vuelto a casa desde el hospital, Alex había temido entrar en su habitación por miedo a causarle más daño. Por aquel entonces había creído que Vass se curaría, que se pondría bien. Dos años y medio más tarde, no había sido así.

La última vez que había estado en el hospital con Vass, su hermano le había dicho que se quedara el Porsche.

—No lo quiero —había protestado Alex con lágrimas rodando por sus mejillas.

Acarició el coche que tenía en la mano y se quedó mirándolo. Cerró los ojos y vio el frágil cuerpo de Vass, y dejó que el dolor se apoderara de él.

Pero también surgieron otros recuerdos. Junto al dolor recordó los buenos momentos, la alegría, la complicidad y las risas. Y supo que no podía tener lo uno sin lo otro.

Durante años había guardado el Porsche y los recuerdos en una caja, incapaz de hacerles frente.

Recordó las palabras de Daisy: «No quieres amar a nadie».

Alex supo qué tenía que hacer. Tan solo esperaba poder hacerlo.

—¡Es Navidad! —dijo Charlie, despertándola—. Y ha venido Santa Claus.

Daisy se incorporó y lo abrazó.

–Por supuesto que ha venido. ¿Acaso pensabas que no lo haría?

Charlie le devolvió el abrazo y enseguida se soltó.

–Sabía que vendría –dijo y tiró de su madre.

–Yo también –dijo dejando que la guiara hasta el salón.

Las luces del árbol estaban encendidas porque Charlie ya había estado allí curioseando, pero no había abierto ningún regalo. La había esperado y la miraba expectante.

–Voy a preparar café y después veremos lo que nos ha traído Santa Claus.

Después de abrir los regalos, Charlie quería ponerse a jugar con ellos, pero Cal iba a recoger a Charlie a mediodía. Sus padres estaban de visita y estaban deseando pasar el día con Cal y su nieto. El resto de hermanos de Cal y sus familias también iban a estar.

Estaba nevando cuando Cal apareció en la puerta. Venía muy sonriente y se le veía contento. La semana pasada le había contado que había conocido a alguien y sus ojos tenían un brillo especial.

–No tienes buen aspecto –dijo Cal al verla tan pálida y con ojeras.

–Gracias –dijo Daisy con ironía.

–No debería llevarme a Charlie. Ven con nosotros.

Daisy sacudió la cabeza.

–He quedado con Josie, una antigua compañera de la universidad, para hacer unas fotos a su familia. Si sigue nevando, haremos algunas fotos en el parque de Bow Bridge.

–Ven cuando termines.

–Estaré bien –insistió Daisy–. Venga, marchaos y

pasadlo bien –dijo dándole un beso y un abrazo a Charlie–. Hasta mañana.

Cerró la puerta, se apoyó en ella y se llevó las manos a la cara. Era la primera Navidad que no pasaba con Charlie. Se frotó los ojos y respiró hondo. Luego subió arriba a arreglarse y recogió los objetivos y los filtros que iba a llevarse. Quería estar ocupada para no pensar en Charlie... ni en Alex.

Tenía que dejar de pensar en Alex.

Habían pasado dos semanas desde que rechazara su propuesta de matrimonio antes incluso de que se la planteara y lo echara de su casa. No había vuelto. ¿De qué se sorprendía? Era lo mejor y lo sabía.

Lo que le sorprendía era lo mucho que le importaba. No quería recordarlo sentado en el suelo jugando con Charlie o leyéndole cuentos, ni cerrar los ojos y ver a Charlie en sus brazos o en sus hombros... No quería recordar lo orgullosa que se había sentido la noche que le habían dado el premio por el diseño del hospital.

No quería pensar en él, pero no podía evitarlo.

Terminó de meter las cosas en la mochila y se puso una chaqueta azul. Era Navidad, época de esperanza, de olvidar el pasado y mirar hacia delante. Quizá después de aquella sesión de fotos se fuera a patinar y conociera al hombre de sus sueños.

Daisy suspiró y se dirigió hacia la casa de Josie.

Cuatro generaciones de la familia Costello estaban esperando. Josie la recibió en su apartamento de la Quinta Avenida. Estaba muy contenta de que fuera a hacer las fotos de su familia, pero sentía haberla apartado de la suya en un día tan señalado.

Era la distracción que necesitaba. Los siete niños, primos que no se veían con frecuencia, junto son sus padres, abuelos y dos bisabuelos, formaban un grupo muy animado. Eran la familia perfecta que siempre había visto en las películas y que le habría gustado tener.

–Vámonos al parque –dijo después de una larga y variada sesión de fotos en el apartamento.

La nieve seguía cayendo cuando llegaron a Bow Bridge. Les hizo posar y tomó un par de fotos para la posteridad, mientras algunas personas que paseaban se paraban a observarlos.

Daisy no les prestó atención y siguió haciéndoles fotos mientras hacían muñecos de nieve.

Envidiaba aquel ambiente familiar. Trató de apartar aquella sensación, a la vez que sintió un nudo en la garganta. Parpadeó y apartó la mirada unos segundos.

Algunas personas que estaban mirando le sonrieron antes de seguir su paseo. Más tranquila, empezó a girar la cabeza, cuando por el rabillo del ojo reparó en alguien.

Era alto, moreno y llevaba unos vaqueros y una chaqueta verde.

–Mírame –gritó uno de los niños Costello desde la rama de un árbol

Daisy se giró, enfocó y disparó. Luego, siguió haciendo fotos de la guerra de bolas de nieve, sin ni siquiera fijarse en lo que estaba fotografiando.

Estaba demasiado lejos para estar segura, pero la última vez que había visto a Alex llevaba una chaqueta como aquella.

No podía ser. Seguramente serían imaginaciones suyas.

Se giró y siguió haciendo fotos de los niños mientras hacían un muñeco de nieve.

Cuando volvió a darse la vuelta, vio que el hombre seguía allí, apoyado en un árbol, con las manos en los bolsillos y mirándola. Daisy hizo un zoom con su cámara y contuvo el aliento.

Alex inclinó lentamente la cabeza, pero no se movió de donde estaba. Continuó apoyado en el árbol como si estuviera esperando el autobús.

–¿No se te quedan helados los dedos? ¿Daisy?

Se dio cuenta de que Josie le estaba hablando.

–No, estoy bien.

–Será mejor que nos vayamos. Los niños tienen frío y la verdad es que yo también. ¿Te vienes con nosotros? Vamos a preparar chocolate caliente.

Quería aceptar la invitación por desesperación. Alex estaba allí a propósito. Tendría algo que decirle y no estaba segura de querer oírlo. Al menos, podía estar tranquila de que Charlie no estaba cerca para escucharlo.

–Gracias, pero creo que me iré a casa. Lo he pasado muy bien. Las fotos estarán listas al final de la semana.

–Estupendo –dijo Josie dándole un abrazo–. Hemos disfrutado mucho con la sesión. Lo recordaremos siempre.

Tenía la sensación de que ella también.

Después de despedirse de los niños y de los bisabuelos, Daisy empezó a recoger sus cosas mientras los Costello se ponían en marcha para volver por el parque. Se concentró en guardar los objetivos en la bolsa de la cámara. No miró a su alrededor e intentó ignorar los pasos en la nieve. Pero su corazón latía desbocado.

–Daisy.

Se quedó quieta y lentamente se giró. No parecía el hombre seguro que esperaba ver. Tenía barba de varios días y tenía ojeras.

—Alex.

Durante largos segundos permaneció callado. Quizá había salido a pasear y la había encontrado por casualidad.

—Tenías razón —dijo por fin—. Me refiero a lo que dijiste.

¿Qué había dicho? Daisy sacudió la cabeza.

—Que no era capar de amar —continuó—, que apartaba a la gente de mi lado. Entonces, era lo que quería.

¿Entonces? ¿Qué significaba eso? Daisy estaba nerviosa, pero no se movió.

—Quería mucho a mi hermano. Pensaba que había muerto por mi culpa.

—¿Cómo?

—Nos peleamos por un coche de juguete. Yo tenía ocho años. Nos peleamos y le provoqué una hemorragia. Dijeron que tenía leucemia y pensé... —dijo y sacudió la cabeza angustiado.

—Oh, Alex.

—Vass me dijo que no era culpa mía, pero cada vez estaba peor. Poco después murió. Mis padres se quedaron destrozados y no eran capaces ni de mirarme.

—¡No fue culpa tuya!

—Ahora lo sé, pero en mi familia no hablamos de...

Alex tragó saliva y se quedó con la mirada perdida conteniendo las lágrimas.

—Con diez años pensaba que había matado a mi hermano y que había acabado con mi familia. Los quería mucho.

—Lo siento —dijo deseando abrazarlo.

–Aparté aquello y nunca volví a pensar en ello hasta que te lo conté a ti hace cinco años.

–¿Nunca...?

–No, lo aparté de mi cabeza. Pero no pude apartarte de mí.

–Pues lo hiciste –le recordó Daisy.

–Lo intenté. Me hiciste sentir cosas que me asustaban.

–¿Cómo?

–Me enamoré de ti aquella primera noche –dijo frotándose la nuca–. Y eso me asustó. Cuando me empezaste a hablar de amor, pensé que tenía que dejarte o te haría daño. Así que me fui. Me pareció lo mejor.

Daisy ladeó la cabeza y se quedó mirándolo.

–¿De verdad?

–Hasta que volvimos a encontrarnos en septiembre. Siento algo por ti que no puedo negar. Vaya donde vaya y haga lo que haga, ahí estás tú. No puedo apartarte de mi cabeza. Traté de convencerme de que necesitaba a una mujer que no me hiciera sentir lo que sentía por ti. Pero como ya te habrás dado cuenta, no he podido conseguirlo.

–Cada vez que pensaba que no volvería a verte, volvías a aparecer. Eso me incomodaba.

–¿Por Charlie?

–En parte, pero creo que también porque nunca te olvidé.

–Te quise desde el primer momento en que volví a verte –dijo él.

–Pero a tu manera.

–Bueno, sí, me parecía más seguro de esa manera. Con Caroline me sentía a salvo, pero nunca sentí nada por ella. Sabía que podía vivir sin ella, pero no puedo vivir sin ti.

–Alex –dijo ella acariciándole la mejilla.

Él giró la cara y le besó la mano, haciéndola estremecerse.

–No podía pedirle que se casara conmigo –admitió Alex–. Iba a hacerlo, pero no pude –dijo mirándola a los ojos–. Seguía enamorado de ti.

Daisy se quedó mirándolo, atónita.

–Y entonces conocí a Charlie –continuó él–. Daría mi vida por él... y por ti. Le quiero porque es tuyo, porque es nuestro.

Daisy abrió la boca, pero la cerró. No sabía qué decir. Había amado a aquel hombre durante años, pero nunca más que en aquel momento en el que había descubierto el amor que era capaz de compartir.

Alex acarició su mejilla, secándole una lágrima. Luego la rodeó con sus brazos, atrayéndola hacia él para que sintiera los latidos de su corazón. Daisy apoyó la cabeza en su hombro.

–Habría venido antes –continuó Alex–. Pero pensé que no querrías volver a hablar conmigo después de lo que me dijiste la última vez.

Daisy arqueó las cejas, sintiéndose culpable.

–No sabía que...

–No, tenías razón. Era problema mío y me obligaste a enfrentarme a él. Tuve que ir a París por motivos de trabajo. Allí pasé diez días. Luego fui a ver a mis padres. Apenas habíamos hablado en años. Supongo que para todos había sido lo más fácil. Era lo mejor para no recordar –dijo y carraspeó antes de continuar–. Ahora viven los dos en Grecia, pero no están juntos. Mi madre acaba de divorciarse por tercera vez. Mi padre sigue viviendo entre libros. Hablé con los dos sobre Vass, sobre lo que pasó y sobre lo que creía. Ambos se mostraron sorprendidos. Me alegro de haber ido. También les hablé de ti y de Charlie. Les gustaría conoceros algún día.

–Claro –dijo Daisy.

Estaba muy contenta de que hubiera dado el paso de retomar la relación con sus padres.

–Gracias –dijo Alex y la besó en la cabeza antes de sacar algo de su chaqueta–. ¿Puedes darle esto a Charlie? –le preguntó, dándole un coche plateado–. Le he comprado algunos regalos de Navidad que ya ha recibido. Los dejé con Cal.

–¿Con Cal? –repitió Daisy y se quedó mirándolo–. Pero si no conoces a Cal.

–Ahora sí. Fui a tu casa desde el aeropuerto, pero no estabas allí y pensé que tal vez estuvieras con él.

–¿Cómo sabías dónde vivía?

–Ya te dije que Internet era algo maravilloso.

–Pero no estaba allí.

–No, pero Cal me dijo dónde estabas después de amenazarme con vérmelas con él si te hacía daño.

Daisy miró el coche que acaba de darle.

–Este es el coche por el que os peleabais.

–Era de Vass. Me lo regaló antes de morir. Creo que debería tenerlo Charlie, pero no hace falta que conozca su pasado, tan solo que es un regalo del tío que nunca conocerá.

–Claro –dijo Daisy guardándoselo en el bolsillo de la chaqueta.

–También tengo algo para ti.

Alex buscó en otro bolsillo y sacó otra caja, esta vez de una joyería. El corazón de Daisy empezó a latir con fuerza.

–Esto es para ti. Lo vi en una tienda de París y me acordé de ti, de nosotros. Así es como quiero que estemos —dijo dándole la caja y mirándola a los ojos—. Te quiero, Daisy, y espero que algún día me creas.

Luego se dio la vuelta y se fue caminando bajo la nieve que empezaba a caer de nuevo.

Daisy se quedó mirándolo. ¿Iba a dejarla así como si tal cosa? ¿No iba a insistir ni a volver a proponerle matrimonio?

Miró la caja que tenía en la mano y la abrió. Dentro había un colgante de plata con dos corazones entrelazados.

Daisy se mordió el labio. Sus dedos temblaron. Tomó la bolsa de la cámara y echó a correr tras él.

—¡Alex, espera! Pídemelo.

—¿Que te pida qué? —preguntó él frunciendo el ceño—. ¿Que me dejes amarte para siempre?

—Sí —respondió ella lanzándose a sus brazos.

—¿Me quieres?

—¡Sí! —exclamó junto a sus labios.

—¿Quieres casarte conmigo, Daisy?

—Sí, Alex, sí, sí, sí.

Aquella noche, Daisy no echó de manos a Charlie tanto como pensaba. Se fue con Alex a casa y ni siquiera abrió el otro regalo que le había traído de París.

Se puso el colgante de plata y luego subieron a su dormitorio. Lentamente Alex le quitó el jersey, los vaqueros, la camisa... Luego la hizo tumbarse en la cama y, sonriendo, le fue quitando el resto de la ropa. Ella sintió un escalofrío cuando sus manos acariciaron las curvas de su cuerpo.

Después le desabrochó el sujetador, se lo deslizó por los hombros y se inclinó a besarle los pechos.

Daisy hundió las manos en su pelo mientras jugueteaba con sus pezones y se estremeció de deseo.

–¡Alex! –exclamó retorciéndose mientras le quitaba las bragas y empezaba a acariciarle los muslos–. Espera, es mi turno. Llevas demasiada ropa.

–¿De veras? –dijo él alzando la cabeza y sonriendo.

–Sí. Te quiero –dijo sacándole el jersey por la cabeza.

Alex sonrió y contuvo el aliento cuando le bajó la cremallera del pantalón y lo acarició. Luego tragó saliva, se bajó los vaqueros y se tumbó con ella en la cama.

–Te quiero –repitió ella en un susurro.

–Lo sé, pero no tanto como yo a ti.

–Te lo mostraré –insistió ella y se tumbó de espaldas atrayéndolo hacia ella.

–Y yo a ti.

Alex siguió acariciándola, provocándola, saboreándola... Luego la penetró y su cuerpo se quedó rígido unos segundos antes de empezar a moverse.

–¡Alex!

Daisy clavó las uñas en sus nalgas y se aferró a él con todo su cuerpo. La hizo temblar y estremecerse, antes de que sus cuerpos se agitasen al unísono. Después, Alex hundió el rostro en su cuello.

Ella acarició su espalda sudorosa, antes de torcer la cabeza y besarlo junto a la oreja.

Cuando por fin levantó la cabeza, la miró maravillado.

–¿Por qué he tardado tanto en darme cuenta? –murmuró él.

Daisy sacudió la cabeza. Ya no necesitaba hacer preguntas. Tenía la respuesta que necesitaba.

–Me alegro de que lo hayas hecho.

Él se tumbó de espaldas y tiró de ella para que pusiera la cabeza sobre su pecho y sintiera los latidos de su corazón. Daisy no supo cuánto tiempo estuvo así. Quizá hasta que se durmió. Cuando se espabilaron y empezaron a tocarse otra vez, él levantó la cabeza de la almohada y la miró.

–¿Es esta la clase de pareja que sueles formar? –le preguntó, mostrándole su amor con la mirada.

–Es incluso mejor –contestó y levantó la cabeza para encontrarse con sus labios, para amarlo y para compartir una vez más la magia con él.

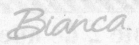

Bianca.

¡Atrapada entre el odio... ¡y la pasión!

La heredera Bella Haverton estaba furiosa porque su difunto padre le había dejado todo a Edoardo Silveri: su hogar familiar, su fortuna en fideicomiso y, lo más irritante de todo, el derecho a decidir con quién y cuándo podría casarse. Bella estaba empeñada en liberarse de esas cadenas.

El plan de enfrentarse a Edoardo se le fue de las manos cuando descubrió que el problemático chico que adoptó su padre se había convertido en un hombre autoritario, enigmático y dotado de un letal atractivo sexual. Mientras su cabeza luchaba contra su traicionero cuerpo, Bella decidió que había llegado el momento de desvelar los secretos que ocultaba aquel hombre.

Entre el odio y la pasión

Melanie Milburne

Acepte 2 de nuestras mejores novelas de amor GRATIS

¡Y reciba un regalo sorpresa!

Oferta especial de tiempo limitado

Rellene el cupón y envíelo a
Harlequin Reader Service®
3010 Walden Ave.
P.O. Box 1867
Buffalo, N.Y. 14240-1867

¡Sí! Por favor, envíenme 2 novelas de amor de Harlequin (1 Bianca® y 1 Deseo®) gratis, más el regalo sorpresa. Luego remítanme 4 novelas nuevas todos los meses, las cuales recibiré mucho antes de que aparezcan en librerías, y factúrenme al bajo precio de $3,24 cada una, más $0,25 por envío e impuesto de ventas, si corresponde*. Este es el precio total, y es un ahorro de casi el 20% sobre el precio de portada. !Una oferta excelente! Entiendo que el hecho de aceptar estos libros y el regalo no me obliga en forma alguna a la compra de libros adicionales. Y también que puedo devolver cualquier envío y cancelar en cualquier momento. Aún si decido no comprar ningún otro libro de Harlequin, los 2 libros gratis y el regalo sorpresa son míos para siempre.

416 LBN DU7N

Nombre y apellido	(Por favor, letra de molde)
Dirección	Apartamento No.
Ciudad	Estado	Zona postal

Esta oferta se limita a un pedido por hogar y no está disponible para los subscriptores actuales de Deseo® y Bianca®.
*Los términos y precios quedan sujetos a cambios sin aviso previo.
Impuestos de ventas aplican en N.Y.

SPN-03

©2003 Harlequin Enterprises Limited

Prohibido enamorarse

MICHELLE CELMER

Se suponía que solo debía disuadir a Vanessa Reynolds de seguir adelante con sus planes de convertirse en reina. Quizá aquella bella madre soltera pensaba que iba a casarse con el padre de Marcus Salvatora, pero el príncipe Marcus iba a hacer todo lo posible para evitarlo.

Sin embargo, en cuanto conoció mejor a la encantadora estadounidense y a su pequeña, Marcus se vio inmerso en un mar de dudas. Aquella mujer no era ninguna cazafortunas y empezaba a creer que su hija y ella podrían hacerlo feliz. Para ello debía impedir que se marchase de su lado, aunque eso supusiera poner en peligro la relación con su padre.

No podía amarla, pero tampoco podía dejar de hacerlo

¡YA EN TU PUNTO DE VENTA!

Bianca.

Bella guardaba un secreto que él debía saber…

Isabella Williams hubiera reconocido esos zapatos caros y esa pose arrogante en cualquier lugar. Después de tantos meses huyendo, Antonio Rossi la había encontrado.

Aquel viejo anhelo volvió a surgir de la nada, y con él regresó la sensación de arrepentimiento. Por culpa de un error jamás volvería a besar sus labios… Pero las cosas habían cambiado. Había otra persona en quien debía pensar.

Tocándose el vientre, Isabella se preparó para recibir el azote de su ira.

Antonio trataba de enmascarar el verdadero motivo por el que había ido a buscarla, pero todo estaba a punto de dar un giro inesperado…

Secreto vergonzoso

Susanna Carr